眼膜

手膜

DIY

眼膜

手膜

DIY

华文图景
MiniBook

眼膜手膜DIY

中国轻工业出版社

目录 *Contents*

第一部分　舒缓眼膜 /1

第一章　眼部问题与眼膜 / 2

眼部常见的 4 大问题 / 3

护理你的眼部肌肤 / 4

眼膜的 3 大功效 / 7

升值眼膜功效的 3 大招术 / 8

敷眼膜的 4 项大忌 / 9

对抗眼部问题的其他方案 / 10

第二章　眼膜 DIY/ 13

对抗黑眼圈眼膜 / 14

消除眼袋、浮肿眼膜 / 23

击退眼部细纹眼膜 / 29

第三章　提升眼部魅力的美容偏方 /35

击退黑眼圈的 7 大偏方 / 36

向浮肿和眼袋说不 / 38

消除眼角细纹 / 42

对抗视疲劳症候的 7 大妙法 / 45

美目舒缓 EYES SPA / 52

第二部分　滋润手膜 /57

第一章　认识手部肌肤 4 大问题 / 58

保持双手的整洁 / 59

影响玉手美观的 4 大问题 / 60

手部护理常识 / 61

第二章　手膜 DIY/ 66

抗皱柔肤手膜 / 67

美白嫩肤手膜 / 74

祛角质修护手膜 / 81

强效保湿手膜 / 88

第三章　护手知识大搜索 / 95

12 个护手建议 / 96

电脑美眉舒压手操 / 99

日常护手贴士 / 107

眼膜、手膜常选用的基本材料 /109

蔬果类 / 109

药草类 / 113

精油类 / 117

第一部分　舒缓眼膜

第一章 眼部问题与眼膜

　　每个女生都希望拥有一双漂亮的眼睛，然而面部最容易出现问题的就是眼部。它是面部最娇弱的部位，四周的皮肤非常薄，如果得不到细心的呵护，眼袋、皱纹、黑眼圈、脂肪粒……所有的美眸克星都会一一找上门来，因此眼部被认为是需要重点保养与护理的部位。要塑造一双眼波流转、顾盼生辉的靓眼，美眉们就一定要做足功课了。

　　使用眼霜的人很多，但眼膜却总被忽略。现在女性使用电脑频率越来越高，夜生活越来越丰富，娇弱的眼部非常容易出现问题，光靠眼霜的保养已经不够，只有与眼膜一起双管齐下，才能达到最佳的护眼效果。

眼部常见的 4 大问题

要针对眼部进行保养，首先要了解眼部容易产生的几大问题，然后对症下药。

黑眼圈是最常见也是最令人头疼的问题，经常熬夜睡眠不足的人都会产生黑眼圈，因为熬夜会令眼部血液循环变缓，从而使眼睛四周出现淤黑；另外营养不良、饮食不均衡以及贫血的人也容易产生黑眼圈；天生肤色较黑的人，眼睛四周的皮肤就可能较深地形成黑眼圈；过敏同样也会引起黑眼圈。最根本的还是由于眼睛四周的皮肤薄到只有0.05mm，内在的血管很容易

透出来，看起来淤黑。

眼袋也是美目杀手之一，顶着大眼袋的美女是没有足够自信的。眼袋形成的原因有以下几个：熬夜、疲劳、用眼过度，这些都会造成眼部血液循环变缓或停滞，从而令身体淋巴循环不活跃，难以排出水分及毒素，身体容易浮肿，同时形成眼袋。眼部周围皮肤脂肪层较厚的人，其体质多为酸性(一般为经常吃肉较少吃蔬菜的人易为这种体质)，身体易浮肿，眼袋就更容易出现。另外眼下皮肤肌肉活跃、肌肉松弛的人也容易出现眼袋。

皱纹是女人最害怕的东西，它的出现有以下几个原因：随着年龄的增长，皮肤开始老化；眼部肌肤干燥，经常缺水；经常大笑或面部表情过大。

最后一个常见的眼部问题就是脂肪粒了。引起脂肪粒的原因通常是使用眼霜过量，引起营养过剩，最后囤积为脂肪粒。

护理你的眼部肌肤

护理眼部的第一步就是清洁。有人认为清洁就是用洁面乳、洁面皂把脸部清洗干净。其实，还有很重要的一点，就是彻底卸妆。残留在脸上的化妆品会堵塞毛孔，阻碍肌肤呼吸，还会为微生物、细菌的繁殖提供条件。眼部卸妆与清洁，一定要讲究技巧。

眼部卸妆品最好选择不含任何刺激性成分的，现在市场上流行的主要有卸妆水、卸妆乳、卸妆油三种。

卸妆水 卸妆水是把清洁成分乳化稀释，产品中水分的含量高于油脂的含量，用后皮肤上不会残留任何油脂，也不会给肌肤带来任何负担。虽然清洁能力比较差，但用来卸除普通化妆品已经足够。

卸妆乳 卸妆乳是对植物油进行乳化形成的。其性质温和，化妆品易溶解于其中，便于清除。清洁能力适中，一般妆容用一次就可基本清洁干净，浓妆或含油量较多的化妆品则要多

用几次才能达到理想效果。

卸妆油 卸妆油的清洁能力是最强的，不管是浓妆还是含油量较高的妆容，使用一次就能基本清洁干净。但卸妆油的主要成分是矿物油，不含水分，使用后油脂会留在皮肤里，必须用去油的洁面乳再次进行清洁。

除了选择适合的卸妆品，卸妆时的顺序也很重要。一般为先去除假睫毛，再用棉签或棉片蘸取卸妆品卸除睫毛膏、眼线液，最后轻轻擦去眼影。

眼部的肌肤薄而细致，不仅要清洁干净，还要用滋养品润泽保养。现在市面上流行的眼部保养品主要有眼霜、眼胶与眼膜。究竟哪一种才是最适合你的呢？

眼胶与眼霜的功效其实差不多，不过眼胶多为凝露状，可以舒缓眼部肌肤的紧张状态，对消除眼袋、黑眼圈的效果比较好，擦起来感觉比较清爽，尤其适合中油性的肌肤。眼霜比眼胶浓，有的为霜状，有的为乳液状，因为滋润成分比较多，不仅可以消除黑眼圈，对紧致眼部的肌肤，消除细纹也很有效。最好白天使用眼胶，晚上使用眼霜，把双方的优点充分发挥出来。

眼膜可以在最短的时间内消除眼部疲劳，给双眼补充水分，增加眼部肌肤的柔软与弹性，对改善黑眼圈、眼袋效果尤其好，最好每周固定做1~2次。

眼膜的 3 大功效

眼膜是在眼睛大量缺水、营养缺乏等情况下进行密集式保养的工具。应该坚持每周至少使用两次，并与眼霜配合。它跟眼霜的区别就好比面霜跟面膜的区别，一个是日常涂抹，另一个则是定期保养。跟眼霜相比，眼膜更适合自己制作。

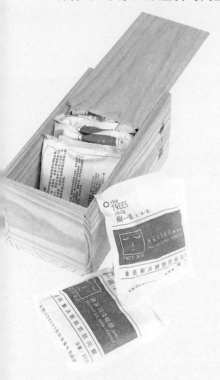

◎ 镇静舒缓

眼膜多为啫喱状，有强大的补水功能。敷在眼睛上感觉清凉、柔软，给人放松和舒缓的感觉，特别适合眼部疲劳、缺少水分时使用。

◎ 充足补水

眼部细纹产生的一个重要诱因就是眼部皮肤缺水。使用滋润型眼膜，就可以大大缓解眼部缺水症状，从而延缓细纹的出现。

◎ 密集式营养

很多眼膜中含有维生素E、人参、甘菊、精油等成分，营养十分充足，可以快速补充养分并修补受损细胞，淡化黑眼圈等眼部问题。

升值眼膜功效的3大招术

关于眼膜的使用，除了上述的一些基本知识和使用方法之外，还有很多方法可以让它的功效加倍发挥。

◎ 敷眼膜的最佳时机

生理周后一周由于雌性激素分泌旺盛，此时敷眼膜可达到最佳效果（还包括护肤、丰胸等）。

做SPA或泡澡时，热气可加速血液循环，这个时候敷眼膜效果也不错。另外，临睡前敷眼膜，效果也很好。

◎ 准备工作

将眼膜放入冰箱冰镇，冷膜可以舒缓眼部肌肤，消除浮肿。

彻底清除眼部彩妆，将温热毛巾轻敷于眼部5~10秒(重复3次),然后敷上冰镇眼膜,可以加速眼部血液循环。

◎ 敷眼膜的最佳位置

有眼部浮肿现象时,可将眼膜覆盖整个眼部。如果没有,则将眼膜敷在距离眼睛下面3mm的位置。因为上眼睑的肌肤比较薄,吸收营养的能力有限。

敷眼膜的4项大忌

◎ 敷眼膜的正确手法

敷眼膜时,要从眼头向眼尾的方向敷。如果是乳状眼膜,不要来回涂抹。

◎ 眼膜不能每天敷

营养过剩会增加眼部负担,产生脂肪粒。如果眼周肌肤状况实在很糟,可以先做1周密集保养,此后每周2次就可以了。

◎ 不能敷眼膜过夜

眼膜中的水分挥发完了以后还继续敷在脸上,会带走肌肤中的水分。

◎ 与眼霜配合使用

如果不涂抹眼霜的话,眼部肌肤会有紧绷感,从而催生细纹。

对抗眼部问题的其他方案

除了使用眼膜之外，还有一些功课平时也应该做足哦！这些看似微不足道的小窍门，只要持之以恒，也会有意想不到的效果。

黄、海带、黑芝麻、芝麻酱、黑木耳、黄豆、蘑菇、红糖、油菜、芹菜等），铁元素可促进造血功能，多食用含铁食物可以促进血液循环，从而击退黑眼圈。

◎ 对抗黑眼圈

A. 做眼部按摩可以有效减轻黑眼圈。闭上双眼后，用无名指指尖轻轻按摩眼角，约5秒后放开，连续做10次，每天做一遍。

B. 多吃含铁的食物（如鸡肝、猪肝、牛羊肾脏、瘦肉、蛋

C. 补充维生素 A 和维生素 E，多吃芝麻、花生、胡萝卜等食物。

D. 注意眼部皮肤的清洁，彻底卸除眼部妆容，防止残留的化妆品色素渗入皮肤形成黑眼圈。

E. 若是过敏引起的黑眼圈，首先要找出过敏的原因（如有的人会对鸡蛋、牛奶、乳制品等过敏），然后在医生指导下服用抗组胺剂药物，也可使用支气管扩张剂。睡觉时将床朝头那边的床脚抬高10cm，因为脚底有很多经络分布，抬高床脚，使身体有稍许倾斜度，能改善血液的引流，从而改变眼底的血液循环。

◎ 对抗眼袋

A. 睡前一小时内不要喝水。

B. 多吃清淡的酸性食物，少

吃含碱性较多的食物。

C.用用过的茶包冷敷眼部可以缓解眼袋。

D.将眼膜冰冻后再敷，祛除眼袋效果更佳。

E.眼部按摩，促进血液及淋巴循环，防止眼袋出现。

◎ 对抗眼部细纹

A. 增加眼膜使用次数，约每周3~4次；避免大笑。

B. 使用滋润型眼霜。

◎ 对抗脂肪粒

减少眼霜用量或停止使用眼霜、眼部精华等，改为使用清爽型眼部啫喱。

第二章 眼膜 DIY

眼部彩妆、电脑辐射、空气污染、工作压力，多重伤害早已使脆弱的眼睛不堪重负，定期为眼部做个类似于身体 SPA 的护理是必不可少的。

对抗黑眼圈眼膜

◎ 黑眼圈的形成

根据黑眼圈的成因，主要可分为：血管性黑眼圈、黑色素性黑眼圈、过敏性黑眼圈和疲劳性黑眼圈。

血管性黑眼圈是由于静脉血液循环不佳，血液滞留而产生的。静脉血液携带较多的二氧化碳，呈现出较深暗的血色，眼睛周围的皮肤较薄，血色就会透显到眼睛周围的皮肤上。这种黑眼圈往往跟体质有关。

过敏性体质的人易出现过敏性黑眼圈。例如过敏性鼻炎和过敏性鼻窦炎的患者，鼻腔及鼻黏膜长期水肿，压迫下眼皮内的静脉，导致血液回流受阻，于是在下眼皮呈现暗紫色。

黑色素性黑眼圈最常见于先天性的家族遗传。黑色素沉淀引起皮肤着色，色素沉淀于表皮下层及真皮上层的位置，让眼圈整个泛黑灰色。这种遗传性在稚龄时期就表现为眼圈泛黑。在病理分析时确实发现黑色素颗粒在基底层及上真皮层都有明显的增加。

疲劳性黑眼圈是属于后天的暂时性黑眼圈，多是由于不正常的生活习惯造成的。如经常睡眠不足、吸烟或被动吸烟、晚上卸妆不彻底等。此外，睡眠过多和睡觉时枕头过低也都会形成黑眼圈。有时情绪不稳定，心情欠佳、感到沮丧，也会出现黑眼圈。

事实上，黑眼圈只不过是对眼部色素沉淀现象的一个统称，这种色素沉淀其实不仅仅限于黑色。黑眼圈大致可分为三种颜色: 青眼圈、啡眼圈和黑眼圈。

作为最常见的青眼圈，其症状是下眼睑处呈青绿色，严重者甚至呈紫褐色，像淤痕，眼睛看上去没有神采。一般是由于血液循环不畅而造成的。长期面对电脑工作或学习，睡眠不足等都会引起双目疲劳，导致血液滞留。解决方法也有很多种: ①通过饮食。例如每天早上喝一杯鲜榨的西红

柿汁或胡萝卜汁，其中富含的胡萝卜素和维生素A，可消除眼睛疲劳。②眼部按摩。眼睛感到疲倦时，经常用手指随意地按压眼部周围，感到舒适就可以了。③冷、热交替敷眼。此法可加速血液循环。④按摩太阳穴。全身放松，闭上眼睛用大拇指按住太阳穴，用食指内侧按摩眼部四周30次，每晚1次。⑤选择清凉、有舒缓作用的眼霜。

啡眼圈即眼圈呈咖啡色。主要由色素沉淀造成。色素沉淀跟年龄的增长，小肠或肝脏等内脏功能衰退有关。肝脏是人体负责解毒的器官，含有防腐剂、食品添加剂的食品以及吸烟、饮酒都会损害肝脏。肝脏出现问题时，反映在脸上就表现为白眼球变浑浊，眼圈呈啡色。另外紫外线的侵袭，卸妆不彻底等也可引发啡眼圈。解决啡眼圈的方式有：①多吃绿色蔬菜及柑橘类水果来改善肝脏功能。②化眼部彩妆前先涂上清爽眼霜，可形成一层保护膜，减少化妆品对皮肤的直接伤害。③使用美白眼膜。④应选择含美白成分及维生素 E 的眼霜，这种眼霜能促进新陈代谢，淡化色素。

黑眼圈大多由遗传而形成。这种眼圈几乎无药可救，只能靠遮瑕膏来掩饰。一般有遗传性黑眼圈的人，皮肤很可能比较干燥，眼周容易长皱纹，应尽量选择滋润性能强的眼霜。

任何一种消除黑眼圈的方法都要配合眼膜双管齐下。现在我们就介绍一些 DIY 眼膜的制作方法。

◎ 对抗黑眼圈眼膜

苹果眼膜

选用材料

苹果半个，牛奶1匙

制作方法

1. 将苹果、牛奶放入冰箱冷藏半小时。

2. 将苹果洗净放入榨汁机中榨汁。

3. 将苹果汁、牛奶放入玻璃器皿或碗中搅拌均匀。

使用方法

用棉花球蘸取后轻轻擦拭在眼皮及眼睛周围，15分钟后用清水洗净。

功效

苹果能平衡眼部肌肤油脂分泌，软化皮肤角质层，促使肌肤细胞吸收水分。牛奶中含有天然乳蛋清，能滋润肌肤，且有保湿的效果，防止皱纹产生，也可直接将冰苹果切片，然后覆盖在眼睛上片刻，能有效去除黑眼圈。

芦荟鲜奶眼膜

选用材料

鲜奶50毫升，芦荟叶5克

制作方法

榨出芦荟汁掺入鲜奶中拌匀，然后放入冰箱中冷藏。

使用方法

用化妆棉蘸取，敷在眼睛上，约15～30分钟后卸除，再用温水洗净即可。

功效

有助于镇静肌肤，特别适合用于夏日舒缓晒后肌肤以及熬夜后缓解眼部疲劳，鲜奶的美白效果可以使黑眼圈得到明显改善。如果是敏感肌肤可以将芦荟换成蜂蜜。

蜂蜜眼膜

选用材料

蜂蜜1勺

使用方法

1.洗脸后让水分自然蒸干。

2.在眼部周围涂上蜂蜜。

3.按摩睛明穴（眉头的眉骨下凹陷处）几分钟。

4.10分钟后用清水洗净，让水分自然蒸干。

功效

祛除黑眼圈。

酸奶眼膜

选用材料

酸奶，化妆棉2片

制作方法

用化妆棉蘸上酸奶，敷在眼睛周围。

使用方法

坚持每日临睡前使用，每次10分钟。

功效

祛除黑眼圈。

土豆眼膜

选用材料

土豆1个

制作方法

将土豆去皮切成约2cm厚的土豆片，敷于眼部。

使用方法

坚持每日临睡前使用，每次约5分钟。

功效

祛除黑眼圈。

中药眼膜

选用材料

菊花12g，桑叶12g，生地12g，夏枯草12g，薄荷3g

制作方法

1.将这些中药熬煮成汤。

2.用熬出来的汤熏蒸眼部，之后擦拭眼眶。

使用方法

每周使用2次。

功效

祛除黑眼圈，还可治疗因眼部疲劳导致的眼部干涩。

薏仁绿茶眼膜

选用材料

薏仁粉、绿茶粉各1茶匙

制作方法

将薏仁粉和绿茶粉混合，再加适量水调成糊状。

使用方法

在化妆棉上涂上制好的敷料，敷在眼睛上，约15~30分钟后卸除，再用温水洗净即可。

功效

薏仁具有清热消肿之功效，用来敷眼睛可以淡化黑眼圈，预防黑色素沉积，绿茶粉能促进血液循环，改善熊猫眼及眼睛浮肿等问题。

矢车菊明目眼膜

选用材料

矢车菊花 100 克

制作方法

将矢车菊花加矿泉水倒入烧杯中煎煮，蒸馏出矢车菊花水。

使用方法

用花水将化妆棉浸湿，然后直接敷在眼睛上，15～20分钟后除去。

功效

《药用植物图鉴》中记载，矢车菊对解除眼睛疲劳，增强视力，治疗结膜炎有着显着功效。特别对现代电脑一族最常见的眼睛干涩、痒痛、视线模糊等疲劳症状有效，矢车菊花水眼膜是舒缓眼部的最好选择，并且能改善黑眼圈。

消除眼袋、浮肿眼膜

◎ 眼袋的形成

从专业角度来看，眼袋有五大分类。

单纯眼轮匝肌肥厚型眼袋。一般是由于遗传性因素，其突出特点为靠近下睑缘，呈弧形连续分布，皮肤并不松弛，多见于20～32岁年轻人。

单纯皮肤松弛型眼袋。下睑及外眦皮肤松弛，但无眶隔松弛，故无眶隔脂肪突出，眼周出现细小皱纹，多见于33～45岁的中年人。

下睑轻中度膨隆型眼袋。主要是眶隔脂肪的先天过度发育，多见于23～36岁的中青年人。

下睑中重度膨隆同时伴有皮肤松弛。主要是皮肤、眼轮匝肌及眶隔松弛，造成眶隔脂肪由于重力作用脱垂，严重者外眦韧带松弛，睑板外翻，睑球分离，常常流泪，多见于45～68岁的中老年人。

皮肤松弛伴有下睑缘与眶下缘之间凹陷。多见于中老年人，除皮肤松弛外，出现眶隔脂肪及睑板前脂肪萎缩。

◎ 消除眼袋眼膜

荷叶清爽眼膜

选用材料

荷叶 5g，藕粉 50g

制作方法

1.荷叶洗净，切碎捣烂煎煮成汁。

2.荷叶汁变温后倒入藕粉中搅拌成糊状。

使用方法

先用温水清洗眼部，随后闭上眼睛，用细毛刷将荷叶藕糊均匀涂在眼皮和眼睛四周。15～30分钟后，用温水洗净即可。每周1～2次。

功　效

荷叶具有清热解毒，消炎消肿的功效，并且温和不刺激，用来敷眼有紧实眼部肌肤，改善眼袋、黑眼圈的效果。特别对熬夜、上火引起的眼睛肿胀、双眼红肿、眼内灼热疗效显著。

奶皮眼膜

选用材料

脱脂奶粉 2 匙，珍珠粉 0.3g

制作方法

1.将脱脂奶粉用开水冲兑后，在微火上煮 5～10 分钟。

2.放置 2～3 天，让牛奶发酵微酸。

使用方法

1.将表面凝固的奶皮取下。

2.将珍珠粉散敷在眼部四周。

3.最后敷上奶皮即可。

功效

可消除眼袋,滋润眼周肌肤,增加皮肤弹性。

植物油眼膜

选用材料

天然植物油(橄榄油、杏仁油等均可)1匙,珍珠粉0.15g

制作方法

将天然植物油同珍珠粉调和。

使用方法

均匀敷于眼睛四周。

功效

可祛除眼袋,使眼圈肌肤饱满滋润,眼皮光滑,富有弹性。

枸杞舒缓眼膜

选用材料

干黄春菊10g,枸杞少许,珍珠粉适量

制作方法

1.干黄春菊和枸杞加矿泉水煎煮成菊花茶。

2.菊花茶水放置冷却后过滤至瓶中,调入珍珠粉拌匀,密封,放入冰箱冷藏。

使用方法

用化妆棉蘸取,挤干多余水分,然后敷在眼睛上,15～20分钟后除去。敷眼时配合用指尖沿眼眶轻轻按压,有助于促进茶水吸收消肿。

功效

黄春菊含有一种独特的舒缓成分，对缓解疲劳以及消除眼部浮肿有奇效。加入枸杞和珍珠粉还具有明目消炎、淡化黑眼圈的作用。

冰袋眼膜

选用材料

冰块，珍珠粉

使用方法

1.将珍珠粉散敷在眼部四周。

2.将冰袋在眼部做冷敷约30分钟。

功效

消除眼袋。

盐水眼膜

选用材料

食用盐，化妆棉2片

制作方法

1.在化妆棉上浸满盐水。

2.放入冰箱里冷藏。

使用方法

每天早上取一片为眼睛冷敷。

功效

改善眼部浮肿。

牛奶眼膜

选用材料

牛奶半杯，化妆棉2片

制作方法

1.把牛奶放入冰箱内冰镇。

2.用化妆棉蘸取敷在眼皮上。

使用方法

每周做2～4次，早晚各1次，每次敷10分钟。

功效

可消除眼袋。

甘菊眼膜

选用材料

甘菊茶叶3克，热水200毫升，化妆棉2片

制作方法

1.将甘菊茶叶放入玻璃器皿或杯子中，用热开水冲泡。

2.甘菊茶泡开后待凉，放入冰箱中冷藏半小时即可。

使用方法

将冰镇甘菊茶取出，以化妆棉充分吸取甘菊汁，将化妆棉覆盖眼部，15分钟后将化妆棉取下即可。

功效

可有效舒缓眼部疲劳，消除眼袋。

蜜酸眼膜

选用材料

牛奶1匙，醋半匙，蜂蜜1匙，温开水1匙

制作方法

1.将牛奶、醋放入玻璃器皿或碗中搅拌均匀，加入温开水继续搅拌。

2.最后加入蜂蜜，将所有材料搅拌均匀即可。

使用方法

将眼膜涂抹在眼皮及眼睛周围，再将热毛巾敷于眼上，5分钟后将毛巾取下，用清水将眼部周围清洗干净。

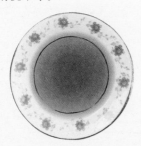

功效

不仅能有效消除眼部脬肿，并有保湿补水、滋润肌肤的功效，使眼部肌肤保持长久滋润与细腻。早晨使用效果最佳。如果家中没有蜂蜜，可以直接将牛奶、醋、温开水混合均匀后，用棉花球轻轻擦拭眼部2～3分钟，也有不错的消肿效果。

击退眼部细纹眼膜

◎ 细纹的形成

我们虽无法阻止皱纹的产生，但却可以延缓皱纹出现的时间。皱纹和近视一样，也分真性和假性。这里提供一个区别真假皱纹的方法，在有皱纹的部位，用一只手轻轻地绷开皱纹，用另一只手的中指或无名指的指腹抚摩此处，如果感觉到皮肤上一棱一棱的，就是真性的，反之，抚摩感觉还是光滑的，则为假性的。眼部皱纹不仅是由缺水造成的，过多的面部表情也会导致皱纹生成，比如要预防眼尾纹，就要改掉眯眼、频繁眨眼的不良习惯，也要避

免大笑，以免导致眼部下面的幼纹。除此之外，还要注意眼部防晒，戴太阳镜；多做眼部按摩，可涂抹少许按摩霜（利用中指由眉心开始轻轻往外并向下按压，顺着上下眼廓绕一圈，重复做6次；每次清洁肌肤后要涂上滋润眼霜，并坚持每星期做1次眼部水分护理。

眼部肌肤过于娇嫩，需要使用专门针对眼部肌肤所设计的保养品。修护眼膜能在短时间内消除眼睛疲劳，增加眼周肌肤的柔软及弹性；持续使用可全方位呵护娇弱的眼部肌肤。

◎ 对抗细纹眼膜

银耳蜂蜜眼膜

选用材料

银耳 10 克，蜂蜜 2 茶匙

制作方法

1.将银耳用温水充分泡发，加水熬成浓稠的汁液，过滤后装入容器中。

2.待银耳汁放凉后，加蜂蜜拌匀，密封后放入冰箱中冷藏备用。

使用方法

1. 先用温水清洗眼部，随后闭上眼睛，取 3 ~ 5 滴银耳汁，均匀涂于眼角、眼周。也可用化妆棉或眼贴膜纸浸蘸，然后敷眼睛。

2. 待 15 ~ 30 分钟左右，用温水洗净即可。每天晚上 1 次。

功效

银耳含有丰富的胶质，有补充肌肤水分，活化细胞，增强皮肤弹性的美容功效，素有"平民的燕窝"之美誉。与蜂蜜搭配滋润效果更好，特别适合改善因疲劳、干燥引起的眼部细纹。

丝瓜眼膜

选用材料

丝瓜 1 根

制作方法

1.将未成熟的丝瓜去皮、去子。

2.捣成泥状。

使用方法

直接贴于眼部，每周 1 次，每次敷 5 分钟即可。

功效

防皱，清洁眼部肌肤，防止过敏。

蜂蜜蛋清眼膜

选用材料

鸡蛋1个，蜂蜜1匙，橄榄油2滴

制作方法

1. 将蛋黄放入蜂蜜中调匀。

2. 再加两滴橄榄油，拌匀。

使用方法

每周做1~2次。

功效

防皱，滋润眼部肌肤。

银耳浓汁眼膜

选用材料

银耳1朵，水少许（以能够淹没银耳为宜）

制作方法

1. 将银耳洗净放入水中浸泡2~3小时后，放入煮水锅中用小火慢慢熬，直至熬成浓汁方可。如果成品过稀的话效果会不佳。

2. 待银耳汁冷却后放入玻璃器皿或碗中，放入冰箱中冰镇。

使用方法

将冰镇后的银耳浓汁眼膜取出，用手指蘸取浓汁轻轻擦拭眼部。10分钟后洗净即可。

功效

坚持使用可消除眼角皱纹、增强眼部皮肤弹性。可在眼角处多涂抹一些，因为眼角处易生皱纹，而此款眼膜能有效地防止肌肤老化和皱纹。由于此款眼膜性质温和，所以可每日使用。

黄瓜眼膜

选用材料

黄瓜 1 根，鸡蛋 1 个，白醋适量

制作方法

1. 黄瓜榨汁，鸡蛋取蛋清，混合后调匀。

2. 加入 2 滴白醋，调匀。

使用方法

每周使用 1~2 次。

功效

消除眼部皱纹，滋润眼部肌肤。

丝瓜蜜眼膜

选用材料

丝瓜半根，蜂蜜 1 匙

制作方法

1. 丝瓜洗净后去皮去子，放入搅拌器中将其捣成泥状，取少许放入玻璃器皿或小碗中。

2. 将蜂蜜和丝瓜泥混合，搅拌均匀即可。

使用方法

均匀涂抹在眼部，15 分钟后将其洗净。

功效

消除眼部皱纹，滋润眼部肌肤。促进水分吸收，有洁肤与滋润

的效果，使用后眼部肌肤细腻白嫩，水润亮泽。

Tips：

最好使用未成熟的丝瓜，做出的丝瓜蜜眼膜才会细腻滋润。

白醋黄瓜眼膜

选用材料

白醋2滴，黄瓜半根，鸡蛋1个

制作方法

1.黄瓜洗净去皮后放入榨汁机中榨汁，去渣取其汁水备用。

2.鸡蛋以过滤勺分离蛋清与蛋黄，将蛋清与黄瓜汁搅拌均匀。

3.最后滴入白醋，将所有材料均匀混合即可。

使用方法

均匀涂抹在眼部周围，闭目养神10分钟，然后用清水洗净。

功效

能滋润眼部肌肤，调理眼部细胞，为细胞提供充足的养分与水分，如果怕麻烦，可以直接将黄瓜切成小片覆盖在眼部，闭目养神休息一会，这样也有滋润眼部肌肤的效果。

鲜橙眼膜

选用材料

柳橙半个，蜂蜜1匙

制作方法

1.柳橙洗净切半，将半个柳橙放入榨汁机中榨汁，取其汁放入玻璃器皿或小碗中。

2.将蜂蜜放入柳橙汁中，调

匀即可。

使用方法

用指腹蘸取后轻轻涂抹于眼部周围肌肤，20分钟后用温水洗净。

功效

含有丰富的维生素 C，可迅速补充眼部肌肤所需的水分与养分，使眼部肌肤变得更柔嫩。将眼膜洗净后最好再用棉花片轻盖在眼部，让棉花片自然吸干眼部周围的水分，千万不可用力擦拭，以免伤害娇嫩的肌肤而产生皱纹。

第三章　提升眼部魅力的美容偏方

　　除了使用眼部护理产品来保养眼部以外,还可以通过按摩和调整饮食等多种方法保养、美化眼部肌肤,同样会有不错的效果。

击退黑眼圈的7大偏方

有些人没睡好，早上起来，眼睛会很肿或者出现黑眼圈，眼部按摩能够改善眼周的血液循环状况，帮助排除毒素和代谢物，并且促进肌肤对保养品的吸收。

偏方1　用土豆片或者茶包（袋泡茶）敷眼则可暂时减轻黑眼圈的颜色。

偏方2　黑眼圈产生后，可以在眼睛上放半个新鲜的柿子，能帮助消除黑眼圈。

偏方3　穴道按摩操

Step 1　用双手的无名指指腹在上眼睑从眼头向眼尾方向轻轻推压5~6次。

Step 2　从眼角推至太阳穴，轻轻按压太阳穴10秒。

Step 3　用双手的中指指腹由鼻梁两侧的晴明穴开始，沿着眼眶依次点压攒竹、鱼腰、丝竹空、承泣、晴朗等穴位，按摩2~3圈。

Step 4　用无名指指腹在下眼睑从眼头往眼尾方向轻推至太阳穴，重复5~6次。

Step 5　轻轻按压下眼睑的中央部位，重复5~6次。

偏方4　有些人每天作息制度正常，但还是有黑眼圈，其实这跟疲惫无关，可能是由于穿过眼部薄皮肤的血管造成的。

平日应多做眼部按摩，以冷热毛巾轮流敷眼，尽量改善眼部血液循环的情况。还可使用含维生素A或维生素C的眼霜来改善这一状况。它可以刺激胶原质，使皮肤增厚。

偏方5　用热鸡蛋热敷以及

按摩法来促进血液循环。将鸡蛋煮熟后去壳，用毛巾包裹住，闭上双眼后用鸡蛋按摩眼部四周，可加快血液循环，从而改善黑眼圈。

偏方6　用薄毛巾包裹冰块敷在黑眼圈位置约5分钟，利用血管的热胀冷缩，促进血液流畅，改善黑眼圈。

偏方7　配合适当的按摩促进眼部血液循环，以中指指腹轻轻地从上眼头开始至上眼窝、上眼尾、下眼尾、下眼窝、下眼头，以按摩方式在眼上打圈。以中指指腹及无名指指腹，轻柔地轮流拍打下眼头、下眼尾的肌肤，尤其是在黑眼圈严重处，要多重复数次。按摩太阳穴以舒缓及松弛眼部的肌肉，使用适量的护肤品点按眼部。保湿类的眼部护肤品可由眼尾涂抹至眼头；而收紧类型的产品则由眼头涂抹至眼尾。

向浮肿和眼袋说不

前一夜大哭了一场、睡觉前喝太多水或是饮食太咸都会导致眼周水分及淋巴液代谢不良。在睡眠中，体内多余的液体积聚在眼部皮肤表层下，使得皮肤组织扩张，形成眼睛浮肿的现象。肾功能有问题也是造成眼部浮肿的另一个原因。如果长时间的浮肿无法消退，就很容易变成永久性的眼袋。

方法一 塑料袋里装水和几块冰块，用小手帕包住，冰敷在眼睛上几分钟，或是用使用过的凉绿茶包敷眼。

方法二 新鲜小黄瓜斜切成薄片，敷在双眼上15分钟，再简单地做眼部指压按摩，从眼尾开始，用无名指指腹轻轻按压眼部四周，重复7~8次，消肿的效果会更好。

方法三 临睡前用无名指在眼肚中央位置轻压10次，可缓解眼部浮肿的问题。

方法四 采取高枕睡法会自然消肿。

方法五 把生红薯削成薄片或压成茸状，敷于眼部15分钟，可有效消肿。

方法六 四套消肿按摩操

第一套 一分钟眼部紧致操

①用无名指将眼霜点于眼周，均匀打圈。

②中指和无名指分别置于上下眼睑，沿眼睑拉至眼角后沿眼角向斜上方45°提拉至发际线，停留3秒。重复此动作3次。

③无名指竖放于眼角，然后平抚至太阳穴，再向后方45°提拉至发际线，停留3秒。重复3次。

④中指和无名指平放于内眼角下方，向外向上拉至太阳穴，停留3秒。重复3次。

第二套 挤按睛明穴消肿操

按压眼部睛明穴（具体位置在眉头的眉骨下凹陷处），按下后有酸胀感时，停一下，再按。重复数次，可减缓症状。

第三套 消除眼袋按摩操

Step 1 用双手除拇指外的四指指腹从上眉骨位置开始，像弹钢琴一般由内至外地绕眼周弹动。大约 10 圈左右。

Step 2 用中指指腹在太阳穴上轻轻按压 10 秒钟，有助于促进排毒。

Step 3 用中指指腹轻轻从内向外顺着眼窝边缘滑到下眼头位置，重复 3 次。在最后一次时要滑到太阳穴，按压 10 秒钟。再顺着眼窝滑到眉头下方，这样能促进眼周血液循环。

Step 4 用中指和拇指指腹从内向外轻捏眼周肌肤，重复 5 次。

Step 5 食指和中指略分开呈 "V" 字手势。闭上双眼，食

指放在上眼眶处，中指放在下眼眶处，用指腹轻轻地来回移动按摩10秒钟。

第四套 棉签按摩法

Step1 棉棒头水平贴于上眼睑的肌肤上，沿眼睑沟，从内侧开始沿"S"形路线，略用力拉抹至太阳穴，将上眼睑的多余水分排开。

Step2 棉签头向上，从内眼角沿睫毛根向外侧边按压边拉抹，力度要轻柔均匀，一气呵成地拉抹到太阳穴。

Step3 中指、无名指分别

从上眼睑内侧、下眼睑内侧，一起向后拉抹，到外眼角处并拢，经太阳穴拉抹至腮部，彻底消灭浮肿现象。

方法七 饮食去眼袋。下面这款苹果炖鱼的汤品，可以防止生成眼袋，消除黑眼圈，治疗脾虚血气不足。

原料：苹果3个，生鱼1条，红枣10枚，生姜2片。

做法：苹果去皮、心、蒂，切成块状；红枣去核；生鱼煎至鱼身成微黄色；瓦煲内加入清水，用大火煲至沸腾，然后将上述材料全部放入；用中火继续煲两小时左右；盐、味精调味即可食用。

方法八 适当多吃胡萝卜、西红柿、马铃薯、动物肝脏、豆类等富含维生素 A 和维生素 B_2 的食物，均衡体内的营养结构。

方法九 在国外有人常采用甘菊、上等红茶、玫瑰子或用加温的蓖麻油、橄榄油，坚持每天在眼袋处湿敷 15 分钟到数小时，可消除眼袋。

消除眼角细纹

◎ 按摩操一

Step1 中指和无名指同时按压在双眼两侧，闭眼，轻轻推揉眼侧肌肤。

Step2 手指缓缓向耳朵方向拉动，5秒钟后松手。重复5~6次。

Step3 若要同时达到缓解疲劳的目的，可以再用中指与无名指轻缓地按压眼窝的边缘，

即虹膜的正下方，5秒钟后放松，重复5~6次。

◎ 按摩操二

用少许按摩霜，以中指由眉心开始轻轻往外向下按压，顺着上下眼廓绕一圈，重复做6次。

◎ 按摩操三

一只手手掌按住太阳穴，另一只手的中指从外眼角向内做轻轻的螺旋式按摩，绕眼一周，每天2次，每次重复5次，力道不要过重。

◎ 按摩操四

闭起眼睛，双手中间的3个长指先按压眼眶下方3次。做3~5分钟后，不但可以消除眼角

细纹，还会觉得眼睛格外明亮。每天做数次。

Tips

　　眼球持续做上下左右移动，或旋转运动，先顺时针，后逆时针转动。持续3分钟。这样也有助于缓解眼部疲劳，活跃眼周肌肉。

对抗视疲劳症候的 7 大妙法

从我们醒来到入睡的这段时间里，我们的眼睛一刻不停地工作着，如果不间歇地让双眼休息片刻，则很容易出现疲劳症候，同时，还会滋生眼袋、黑眼圈和皱纹。

视疲劳的常见症状有眼部酸胀、干涩，有异物感、烧灼感以及视物模糊等。长时间对着电脑屏幕时，眨眼次数会减少很多，眼球脂质层缺少了泪液的滋润，睫状肌感就会越来越疲劳。这种肌肉的疲劳紧张可以通过以下几种方法来缓解。

◎ 丝绸按摩法

丝绸也可以用来按摩眼睛，这点没想到吧？细腻柔软的丝绸包裹着手指为眼睛按摩，能够减少对眼球的压迫以及对眼周肌肤的摩擦。通过对一些特定穴位的刺激，可以有效缓解疲劳，令双目绽放闪亮神采。

Step1　轻轻按摩眉头与眼角之间的天应穴 20 次。

Step2　在鼻梁两侧，从睛明穴到鼻尖搓动 20 次。

Step3　以四白穴为中心点，划圈按揉 20 次。

Step4　轻轻按摩左右太阳穴 20 次。

TIPS：按摩力度和次数以舒适为宜，坚持是关键。最好选用光滑、厚实的丝绸手绢或碎布。

◎ 手穴按摩法

手是经络的起点，中医上有"百脉汇于双手"之说。刺激手上相应的穴位可以达到消除眼部疲劳、预防近视和老花眼等疗效。

按摩眼点穴

将拇指弯曲，其关节中央有个凹陷处就是眼点穴所在的位置。当眼睛感到疲劳或酸痛时，用力按压指甲附近的眼点穴到指甲根部的部位是缓解这类症状最有效的方法。

按摩养老穴

位置在手背外侧、手腕骨突出处的顶端。用拇指按压或借助工具刺激此穴位1分钟左右，可以消除视疲劳，恢复双目神采。

按摩合谷穴

位于手背上，拇指与食指的指骨交接处的稍前位置。用拇指指腹以画圈的方式按摩此穴位10次，可以将眼酸、眼胀等疲劳症状一扫而光。

◎ 热敷消除眼酸痛

奋战一下午总算把重要的企划报告赶出来，一直对着电脑和大堆资料的双眼甚至感到有些刺痛。这时不妨切两片薄薄的热土豆片敷于眼部5～10分钟，热度能够促进血液循环，使眼部肌肤得到滋润和放松，消除疲劳引起的眼部酸痛。

◎ 烛光冥想

烛光冥想即全神贯注地凝视一个固定物体的冥想方式。这种瑜伽冥想法特别适合刚开始学习冥想的人。当我们将注意力集中于一点时，人体内在的波动就会停止起伏，烦恼也就随之烟消云散，获得身心平静。

调理作用 有益于消除眼部疲劳，纯净双目，保护视力，并能使大脑得到平静。另外，通过长期的烛光冥想练习，可以获得令人望尘莫及的如注目光。

练习方法 取一支蜡烛，将其放置在一臂距离远的正前方，高度与视线平行。凝视黑色的烛芯1~3分钟，眼泪会慢慢渗出，然后，闭上双眼，之后试着再睁开继续凝视烛芯。反复练习5次。

◎ 精油蒸熏

将玫瑰、橘子、柠檬精油混合成5滴复方精油滴入半脸盆热水中，然后头靠近脸盆蒸熏5~10分钟。蒸熏时闭合双眼，眼球在眼皮内上下左右转动，带有保湿、舒缓成分的芳香蒸汽可有效缓解眼睛的酸涩感。

◎ 眼睛活动练习

印度舞蹈中，最吸引我们的往往不是舞者的肢体而是那双会说话的眼睛。眼睛在左右顾盼中能够传达许多信息和情感。用眼过度有时会产生眼睛干涩、呆滞的感觉，这时候，适当地活动活动眼珠，能够起到润滑晶体和松弛眼球肌肉的作用。瑜伽中有专门针对眼睛的

活动练习，可以培养我们拥有一双充满神韵的眼睛。这套眼睛活动练习分为 A、B 两组。首先介绍 A 组的练习。

A组练习方法

Step1　坐姿，上身保持笔直，两手放在大腿上，头部、颈部、脊柱伸直，保持在同一直线上。目视前方，正常呼吸。

Step2　眼睛先向上看天空或是天花板，停留2秒钟; 然后向下看地面，停留2秒钟。如此上下活动两遍，即为一组。练习完一组后，闭目放松6~10秒钟。

Step3　睁开双眼，面向前方，尽量向右侧看，停留2秒钟; 再向左侧看，停留2秒钟。眼睛如此左右旁视两遍，即为一组。练习完一组后，闭目放松2秒。

注意事项 只活动眼睛，而头部、颈部、身体都保持不动。活动的时候，不要弧度过大、过快，也不要让眼睛过分紧张。完成一套眼睛练习法后，休息6~8秒钟。休息后，再重复练习2遍。

每日练习 第1周每天练习2遍。从第2周起，每天练习3~5遍。做完规定的练习后，再按照下列方法练习手掌按摩法。

◎ 手掌按摩法

手掌相互摩擦，使之逐渐产生热量。两掌摩擦6~8秒钟后，将发热的左掌放在左眼上，右掌放在右眼上。手掌要轻柔地压放在眼区，不要让眼睛产生压迫感，手掌蒙住双眼8~10秒之后，移开手掌，放松。休息6~10秒钟之后，重复练习2遍。

从第2周起，再增加B组练习法。

B组练习方法

Step1 目视前方，眼睛向上抬起，眼球顺时针方向转动。转至右侧后，便逐渐向下，再缓缓向左侧转动，直至向上转回原位。这样，就做完了1组顺时针练习。依此法重新练习2遍，然后闭目休息6~8秒钟。

Step2 目视前方，然后向上看天花板，继续自左而下，自下而右，再自右而上，即逆时针转动1周。依此法重新练习2遍。然后闭目休息6~8秒钟。

B组眼睛练习法做完2遍后，闭目休息10秒钟。

每日练习 从第2周起，先将A、B两组练习各做4遍后，再做4遍手掌按摩法。至此，眼睛练习法全部结束。

这套眼睛练习法每天可单独练习2遍。每天两次练习之间，应间隔8小时。

美目舒缓 EYES SPA

美目舒缓EYES SPA，顾名思义，是指全方位舒缓眼部肌肤的水护养。它借由含天然舒缓成分和高水分的眼部保养品和水疗器材，为眼部肌肤进行护肤、水敷及按摩等放松、舒压及深层疗养的特殊护理。主要针对眼部肌肤血液循环及代谢不畅，缓解眼周肌肤长期因疲劳压力，干燥缺水及保养品使用不当所造成的各种眼部问题。

◎ 舒缓 EYE SPA 成分剖析

首先，SPA的关键词就是水，因此，含水量大、渗透性强、高保湿的凝胶状眼部保养品，用来作EYE SPA最合适不过了。眼部凝胶特别适合因压力而出现了一些小问题的年轻肌肤，例如浮肿或干燥引起的小细纹，它既能有效缓解这些状况，又不会太营养而加重肌肤负担，质地清爽。

其次，芳香成分是使SPA成为时尚代名词的重要组成部分。含有小黄瓜、西瓜、芦荟等天然蔬果成分的眼部保养品含有丰沛的水量及养分，能在舒缓压力的同时对眼部肌肤做水分滋养；含有甘洋菊、薄荷等植物精华成分的眼部保养品质地温和滋润，且对舒缓眼部的红肿过敏问题有特别的功效。

最后，要为眼部补充适当的营养，特别是对出现鱼尾纹、眼袋、黑眼圈等问题的人来说，含有左旋维生素C的眼部保养品能够达到抗氧化、祛除黑色素的效果；维生素 B_5 则素有"抗压力"维生素的美称，可以促进细胞的修护与活化，抚平皮肤皱纹及松弛现象，并且有助于神经系统的健康，产生很好的美肌减压作用。

◎ 几款 EYES SPA 的制作及使用

舒眼

功效

用于消除因长期注视电脑、阅读甚至眨眼等带来的眼部疲劳，排除毒素及活化血液循环，令松弛的眼部肌肤恢复紧实和弹性。

材料

倩碧水嫩保湿眼胶 + 指压按摩

基本步骤

Step1　用无名指蘸取约黄豆粒大小的眼胶，点在双眼的下眼睑上，用指腹由内向外方向滑动按摩 3~5 次，滑到眼尾时稍向上提起，并稍做停顿，以避免眼角下垂。

Step2　蘸取同样量的眼胶，点在双眼的上眼窝部分，用无名指轻轻抹开，再用大拇指以点按手法由内向外轻轻按压，在每个穴位上停留 3~5 秒，以刺激眼部穴点，帮助血液循环，改善黑眼圈困扰。

Step3 将食指、中指和无名指三指合并后，贴于眼部约5秒，利用指腹的余温促进血液循环，起到消除酸痛感的效果，彻底舒缓眼部疲劳，排除眼周沉积的毒素。

润眼

功效

用于深层滋润眼部肌肤，为眼部肌肤注入水分及营养，抚平干燥导致的眼部细纹。

材料

H_2O 绿洲滋润眼部啫喱 + 化妆棉 + VICHY 温泉柔肤水

基本步骤

Step1 用无名指蘸取约黄豆粒大小的眼部啫喱，点在双眼下眼睑上，然后用无名指指腹由内向外方向轻轻点按开至全眼周。

Step2 待保养品被肌肤完全吸收后，用富含天然矿物成分的温泉柔肤水贴敷于双眼上，约10分钟，使眼部肌肤充分吸收养分，滋润长期干燥的眼部。

醒眼

功效

用于唤醒处于疲劳困顿状态的眼部肌肤，消除眼袋和浮肿，同时配合水罩按摩眼部使

双目焕发光彩。

材料

　　ELIZABETH ARDEN 早安眼胶＋眼贴膜＋水罩

基本步骤

　　Step1　蘸取黄豆粒大小的眼胶点在双眼下眼睑上，然后用无名指指腹由内向外轻轻点按开，使全眼周覆盖上薄薄的一层眼胶。

　　Step2　闭目，戴上水罩按摩10分钟。

　　Step3　摘下水罩，用清水洗净双眼。利用水罩的轻微波动加强眼部的按摩效果，同时促进肌肤对保养品的吸收。

眼部穴位一览

穴位名称	部位	主要治疗作用
丝竹空	眉梢后凹陷中	头疼目眩
四白	目下一寸，陷中	目赤肿痛、夜盲、口眼肌肉痉挛
瞳子	目外眦角后五分许	目赤疼痛、目翳、头疼
晴明	目内眦上方一分	目红肿疼痛，流泪
攒竹	眉头陷中	目眩疼痛、眼痛
鱼腰	瞳孔直上，眉毛中眼睑下垂	目赤肿疼痛、目翳
承泣	瞳孔直下，眼球与眶下缘之间	目赤肿疼痛、夜盲

第二部分　滋润手膜

第一章 认识手部肌肤4大问题

做真正的美女,下工夫要细化到手。伸出一双猪蹄般或者鹰爪般的手,是要吓谁啊? 手,与外界的接触最为频繁,也最容易沾染不洁的东西。因此,保护双手的第一步就是要随时保持双手的洁净,让手部肌肤可以自由呼吸。

保持双手的整洁

想要保持洁净的双手就要经常清洗。仅仅用水冲一冲，是不可能完全去除双手的污垢的，一定要使用香皂或洗手液。香皂要选择酸碱度适中的，以免使手部皮肤的油脂流失。如果使用洗手液，就要选择含有滋润成分的，在清洁的同时使双手得到润滑。

当然，定期修剪指甲也是保持手部清洁的重要的一步。如果指甲太长，不干净，就会给细菌繁殖提供优越的环境，不利于健康。

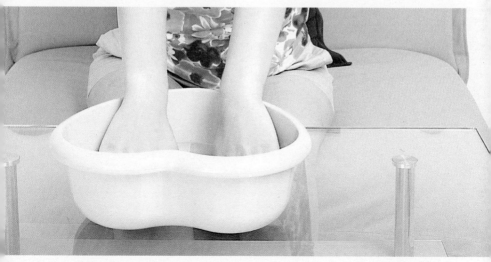

影响玉手美观的 4 大问题

◎ 干燥

　　人体角质层最厚的地方，除了脚底，就是手心了，但它缺少皮脂滋润，特别容易干燥，尤其是在秋冬季节。此时应少沾水，并使用含有植物精华的滋润保湿类手膜给予滋润。

◎ 皮肤粗糙

　　手背的皮肤柔软、细致，在生活中会经常接触到清洁剂、洗涤剂等碱性大的物质，容易失去油脂及保湿能力，显得粗糙。经常做家务、沾水或者工作繁忙都会造成手部肌肤粗糙。可以尝试用手部磨砂膏来改善，

并定期使用含果酸成分的去角质手膜。

◎ 肤色黑

　　手黑的原因有很多，除过分的日晒外，还有原本肤色偏黑，或者有色斑等等。肤色本身就黑的，要选择具有美白效果的手膜(以含有维生素C成分为主)，而且要坚持每周做1次。有色斑的话，含有海藻精华的抗皱手膜是最佳选择。

◎ 冻疮

　　有些美眉一到冬天手上就会长些红红的脓包状的冻疮，

很影响美观。

冻疮是由于气候寒冷,外露的皮肤受到刺激,皮下小动脉发生痉挛收缩,产生血液瘀滞,使局部组织缺氧,导致组织细胞受到损害。除此之外,还与体质较差不耐寒冷及少动久坐、过度劳累等因素有关。潮湿可以加速体表散热,故手足多汗者也容易发生冻疮。

手部护理常识

在进行手部护理时,可以使用手膜覆盖住皮肤,能短时间提高表皮温度,促进手部皮肤血液循环,使手膜中的营养物质更快渗透到皮肤中去,起

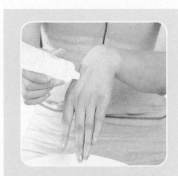

到滋润作用。手部皮肤会重新
变软，增加弹性。

◎ 手膜的
种类及使用

手膜主
要有滋润保
湿型、美白

保湿型、抗皱保湿型和祛角质保
湿型。使用手膜进行手部护理，需
要四个步骤。

清洁 除清洁作用外，还可
使皮肤变软，软化角质层，促进
血液循环。正确的洗手方法是用
温水或冷热水交替清洗。过热的
水会使手部皮肤干燥，过凉的
水又不能完全洗净手上的污垢。

涂手膜 可以使用膏状手膜
或无纺布手贴膜。
膏状手膜需要均匀
涂满全手，20分钟后，
等皮肤完全吸收了其中
的营养成分后清洗干净，
如果包上塑料薄膜则更容易吸
收。无纺布手贴膜可以直接敷
在手背上，15～30分钟后揭下
即可。

按摩 按摩手背皮肤及手上的穴位。

滋润 涂抹护手霜。

Tips：冬天，严寒的天气让很多美眉长了冻疮。尤其是手部，是最容易生长冻疮的部位。红红的冻疮不仅影响美观，还会发生痒、痛。冻疮即使好了，疤痕也要相当长的时间才能消失。

引起冻疮的原因

冬季气温低，四肢血液循环不佳，手足缺乏运动，容易引起冻疮。冻疮一旦发生，除非天气转暖，否则很难治愈。发生过一次冻疮的部位，来年还会复发。因此预防非常重要。

预防冻疮

预防冻疮首先要加强保暖，增强体质，提高自身的防寒能力。食用辣椒、牛肉、巧克力等高热量的食物都可以促进四肢的血液循环。把双手放在手套里也可以加快手部的血液循环。将适量紫皮蒜捣烂，擦在常患冻疮处，每日1次，连擦5~7天，可以预防冻疮。

如果患了冻疮，一定要保持双手的干净，用热酒精清洗干净后，抹上一层冻疮膏，或用红霉素软膏、猪油蜂蜜软膏涂擦。

◎ 手部的保养方法

随身携带护手霜

随身携带一支护手霜，在每次洗过手后，涂上一层护手霜，精心地呵护双手，这样就不用担心寒风的伤害了，也不用因为双手粗糙而难堪。

祛除手部的角质

给手部肌肤祛除角质是美眉们最容易忽视的细节。如果手部的肌肤太粗糙，角质层过厚，即使涂上再好的护手霜也难以达到理想的效果。每周祛除一次死皮，用手部专用的角质霜或磨砂膏按摩10分钟，待死皮祛除干净后，再把双手洗净，涂上护手霜。

用手套养护你的手

做家务时最好带上橡皮手套，避免洗衣粉、洗洁精直接伤害手部肌肤。洗手时最好不用热水而用温水，否则会加重对手部的伤害。冷热温差过大会导致手部肌肉受热不均，引起冻疮。如果手部皮肤粗糙，可以戴上薄的、透气性好的棉质手套。

精心调制护手油

如果不怕麻烦，也可以自己调制护手油。

方法是：取100克植物油，加两个鸡蛋清、50克蜂蜜与几滴玫瑰油，放在锅中，用小火加热到皮肤可以接受的温度，将手浸于其中约5分钟。每周一次，坚持一段时间手部就会变得非常滋润。

用按摩油使手部肌肤更娇嫩

冬天，天气严寒而干燥，手部肌肤特别容易变得粗糙，护理不好还会皲裂。经常用按摩油按摩手部，可以解除皲裂的烦恼。

方法是：取半根小黄瓜捣成泥状，加入一个蛋黄、2汤匙橄榄油、5滴玫瑰精油搅拌均匀，然后涂在手上按摩20分钟后，洗净，再涂上一层滋润霜，每周进行3次。一个星期后，手部肌肤就会变得清爽滋润。

按摩让手部线条更加优美

一双美丽的手，应手指细长，线条流畅。如果手指又短又圆，指关节太过突出，都会显得不够优雅。而手部的健美操则可以让双手的线条优美。

方法是：在桌上做弹钢琴的动作，按大拇指、食指、中指、无名指、小指的顺序依次敲击桌面，连续做5分钟；然后两手握拳，松开，再握拳，再松开，这样连续做30次；最后连续按摩手腕部与指骨关节5分钟。这种方法必须坚持3个月左右才能看到效果。

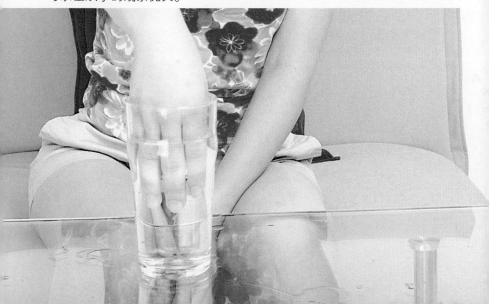

第二章　手膜 DIY

冬季，干燥的气候，寒冷的北风，甚至取暖的暖气都会使水分过度流失，使双手皮肤呈现"饥渴"状态。尤其是经常使用碱性物品，如洗洁精、碱性皂剂等，皮肤更觉干燥生涩，此时必须依靠补水保湿功能较佳的保养品，为肌肤补足水分。

抗皱柔肤手膜

蛋黄手膜

选用材料

鸡蛋1个，植物油1勺，蜂蜜1勺

制作方法

将蛋清、植物油、蜂蜜混合调匀。

使用方法

手洗净后，将调好的手膜均匀地涂抹在手上，15分钟后用温水洗净。每周使用1次。

功效

滋养皮肤，预防手部皱纹。

橙花手膜

选用材料

橙花精油2滴(已经稀释的基础底油)，玫瑰精油2滴（已经稀释的基础底油），甘油1/2茶匙，燕麦1大匙，水适量

制作方法

1.先将燕麦研磨成粉。

2.随后将所有材料充分混合，搅拌成糊状即可。

使用方法

手洗净后，将调好的手膜均

匀地涂抹在手上，15分钟后用温水洗净。每周使用1次。

功效

玫瑰精油能激活肌肤再生，延缓肌肤衰老，抑制皱纹产生，是很优秀的抗老美容品。

蜂蜜燕麦手膜

选用材料

鸡蛋1个，蜂蜜1匙，燕麦粉1匙

制作方法

将三种材料混合调成糊状。

使用方法

手洗净后，将调好的手膜均匀地涂抹在手上，戴上橡胶手套，15~20分钟后用温水洗净。每周使用1次。

功效

滋养皮肤，延缓手部肌肤老化。

猕猴桃手膜

选用材料

猕猴桃1个，土豆300克，蜂蜜1匙，柠檬汁2匙

制作方法

1. 猕猴桃、土豆去皮后将其蒸熟。

2. 将土豆捣成糊状。

3. 将加工好的4种材料混合拌匀。

使用方法

手洗净后，将调好的手膜均匀地涂抹在手上，15~20分钟后用温水洗净。每周使用1次。

功效

猕猴桃含多种维生素，加上柠檬与土豆，能令皮肤恢复柔滑。

青瓜手膜

选用材料

青瓜500克，柠檬半个，土豆500克，橄榄油2汤匙

制作方法

1. 柠檬榨汁，青瓜打烂后将汁与渣分开。

2. 土豆去皮，蒸熟后打成糊状。

3. 将所有材料混合。

使用方法

手洗净后，将调好的手膜均匀地涂抹在手上，15～20分钟后用温水洗净。每周使用2次。

功效

橄榄油能滋润肌肤，使其保持光滑及弹性；青瓜有清凉、去菌及洁肤作用。这款手膜还能治疗脱皮现象，半个月就可见效。

乳酪特效手膜

选用材料

纯味乳酪一杯

使用方法

洗手后将乳酪均匀涂抹在手背及手指上，敷约15分钟，用温水冲净。

功效

含丰富蛋白质、钙质和多种维生素，敷后双手立刻会感到无比嫩滑。

苹果鱼胶手膜

选用材料

鲜榨苹果汁半杯,纯味鱼胶粉1汤匙

制作方法

1. 将上述材料混合,煮至完全熔解。

2. 冷却至半固体状态。

使用方法

洗手后将其均匀涂于双手,待变干后(约15分钟)撕下来,再用温水洗净双手便可。

功效

具镇静及柔软功效,令粗糙的双手恢复柔滑。

黄瓜橄榄油手膜

选用材料

黄瓜半根,鸡蛋1个,橄榄油1汤匙

制作方法

1. 将黄瓜捣烂,鸡蛋取蛋黄。

2. 将三者混合拌匀即可。

使用方法

洗手后将调好的手膜均匀涂抹在手上,然后戴上棉质手套,第二天早晨洗净。

功效

能令双手变得滑爽滋润。

奶蜜手膜

选用材料

鸡蛋 1 个，牛奶半杯，蜂蜜
1 勺

制作方法

1. 鸡蛋取蛋清。

2. 将三者混合拌匀即可。

使用方法

洗手后将调好的手膜均匀涂
在手背、手掌与手指上，15 分钟
后用清水洗净。每周 1 次。

功效

可祛皱、美白。

杏仁手膜

选用材料

杏仁 15 克，鸡蛋一个

制作方法

1. 杏仁放入热水中浸泡，去
皮后捣成泥状。

2. 鸡蛋取蛋白。

3. 将杏仁泥和蛋白混合，搅
拌均匀即可。

使用方法

洗手后将其均匀涂在手上，15
分钟后用清水洗净。一星期一次。

功效

有效地清洁、滋润肌肤，淡化
斑点，减少皱纹，使肌肤变得洁白
无瑕、富有弹性。

核桃柠檬手膜

选用材料

核桃20克，鸡蛋1个，牛奶1匙，蜂蜜1匙，柠檬汁1匙

制作方法

1.鸡蛋取蛋白，核桃研磨成粉。

2.将核桃粉和蛋白混合，搅拌均匀。

3.加入牛奶、蜂蜜和柠檬汁，继续搅拌均匀即可。

使用方法

洗手后将其均匀涂在手上，20分钟后用清水洗净。

功效

有效地清洁、滋润肌肤，淡化斑点，减少皱纹，使肌肤变得洁白无瑕、富有弹性。

绿豆手膜

选用材料

绿豆仁10克，滑石粉3克，白芷3克，白附子3克，蜂蜜1匙，鸡蛋1个

制作方法

1.鸡蛋取蛋白。

2.将绿豆仁、滑石粉、白芷、白附子碾成细粉，混合后加入蛋白、蜂蜜，充分搅拌成泥状即可。

使用方法

洗手后将其均匀涂在手上，用保鲜膜包裹，20分钟后用清水洗净。

功效

可有效淡化黑色素，阻止色斑形成，消除皱纹，美白肌肤。

咖啡手膜

选用材料

咖啡粉 10 克，鸡蛋 1 个，蜂蜜 1 茶匙，面粉 2 茶匙

制作方法

1. 鸡蛋取蛋黄。

2. 将蛋黄与其余材料搅拌均匀即可。

使用方法

洗手后将其均匀涂在手上，用保鲜膜包裹，20 分钟后用清水洗净。

功效

咖啡中所含的咖啡因能令粗糙的肌肤恢复柔嫩，增进皮肤弹性，并且具有缓解疲劳、镇静止痛

的作用；蛋黄所含的维生素 E 有抑制肌肤细胞氧化的作用，可对抗自由基，能有效地滋润肌肤、抚平皱纹，预防肌肤松弛。适合干性肌肤或老化肌肤使用。配合滋润度一流的蜂蜜，抗皱纹功效极佳。

西红柿手膜

选用材料

鸡蛋 1 个，西红柿酱 2 茶匙

制作方法

1. 鸡蛋取蛋白。

2. 将 2 茶匙蛋白和西红柿酱一起放在碗中，搅拌均匀即可。

使用方法

手洗净后，将调好的手膜均匀地涂抹在手上，15 分钟后用温水洗净。每周使用 1 次。

功效

令双手紧实有弹性，预防皱纹产生，防止肌肤老化。

美白嫩肤手膜

俗话说：一白遮三丑。拥有白皙的手部肌肤无疑是美手的标准之一。过度的日晒是粗糙暗沉的肤色与斑点的催化剂，防晒产品只能阻挡部分紫外线对肌肤的侵害，并没有美白肌肤的效果。要使手部肌肤白净无瑕、肤色均匀，美白产品是不可少的。

以下介绍的美白手膜除了可以修护肌肤因日晒而受损的真皮层外，还能预防黑色素的形成，由内至外令肌肤恢复白净。

用黄瓜、牛奶、蜂蜜、绿茶及珍珠粉、绿豆粉等天然材料自制调配的美白手膜，富含植物的天然美白精华素和维生素E等，可防止脂褐素沉着于皮肤；蜂胶中的类黄酮能增强维生素E的美白功效；纯天然的绿茶多酚能实时分解黑色素颗粒，可有效抑制黑色素生成。

质地柔软且渗透性高的手膜能紧贴肌肤，使美白成分有效传送到手部，淡化表皮已形成的色素沉淀，还原手部白皙本质，将肌肤调整至洁净、平衡的状态，带来亮白、柔嫩、滋润的美白新感觉。

土豆手膜

选用材料

2~3个土豆，牛奶适量

制作方法

1. 将土豆煮熟。

2. 加入牛奶，调成糊状。

使用方法

手洗净后，将调好的手膜均匀地涂抹在手上，15分钟后用温水洗净。每周1次，连续使用1个月。

功效

令手部皮肤充分吸收养分，使双手柔软白皙。

乳香手膜

选用材料

乳香精油2滴，柠檬1个，浴盐1茶匙

制作方法

1. 柠檬洗净去皮后放入榨汁机中榨汁，以纱布滤渣取汁。

2. 在柠檬汁中加入乳香精油、浴盐调匀即可。

使用方法

手洗净后将手膜均匀地涂抹在手上，10分钟后用清水洗净。

功效

淡化斑点、美白肌肤，加速新陈代谢，消除皱纹，延缓衰老。

海藻手膜

选用材料

海藻粉2大匙，甘油1茶匙，纯净水适量

制作方法

将所有材料放入碗中调成糊状即可。

使用方法

手洗净后将手膜均匀地涂抹在手上，20分钟后用清水洗净。

功效

海藻泥含有多种促使肌肤再生所需的氨基酸、维生素、微量元素和具有优秀保湿效果的胶质成分，能延缓肌肤衰老、预防皱纹产生。此款手膜可加速肌肤新陈代谢，美白肌肤，为肌肤补充充足的水分，使肌肤弹性有光泽。

白芨手膜

选用材料

白芨10克，白芷10克，白附子8克，蒿本8克，鸡蛋1个，纯净水20毫升

制作方法

1.将以上中药稍加冲洗后晾干研碎。

2.取蛋清与药末混合，加纯净水搅拌均匀。

使用方法

洗手后，均匀涂抹手膜，待干后（约15分钟）洗净。

功效

具有淡淡清香的白芷，能够祛除肌肤表面的细菌，改善微循环，促进肌肤的新陈代谢。可美白、紧实肌肤。

鸡蛋植物油手膜

选用材料

牛奶1杯，植物油（橄榄油）4滴，鸡蛋2个

制作方法

1. 鸡蛋取蛋清。

2. 将蛋清、牛奶与植物油混合，拌成糊状。

使用方法

洗手后将调好的手膜均匀涂于手上，用保鲜膜包裹，20分钟后用温水洗净，每两周1次。

功效

使手部肌肤嫩白柔滑。

苦瓜灵芝手膜

选用材料

苦瓜1个，土豆200克，灵芝粉20克

制作方法

1. 将苦瓜榨汁，取200毫升左右备用。

2. 土豆去皮，蒸熟后捣成糊状。

3. 将土豆糊、灵芝粉、苦瓜汁混合后调匀。

使用方法

洗手后将其涂在手背、手掌与手指上，15分钟后用清水洗净。每星期1~2次。

功效

可美白、紧实肌肤。

胡萝卜手膜

选用材料

胡萝卜 1 根，鸡蛋 2 个

制作方法

1.胡萝卜洗净去皮后放入榨汁机中榨汁。

2.鸡蛋取蛋黄。

3.将胡萝卜汁与蛋黄放入器皿中搅拌均匀即可。

使用方法

洗手后将调好的手膜均匀涂抹在手上，15分钟后用清水洗净。

功效

胡萝卜有丰富的维生素 A，并含大量水分，能有效补充肌肤皮层下细胞的水分，防止细纹的

产生。蛋黄可收缩毛细孔，使肌肤更加细致光滑。此款手膜尤其适合在日晒后使用，能有效修复晒后的肌肤组织，让肌肤迅速恢复昔日的白皙。

柠檬蜂蜜手膜

选用材料

蜂蜜15毫升，鸡蛋一个，脱脂牛奶50毫升，柠檬汁一匙，面粉10克

制作方法

1.面粉中加入鸡蛋，搅拌均匀。

2.加入牛奶、蜂蜜以及柠檬汁再次拌匀即可。

使用方法

洗手后将手膜均匀涂于双手，15分钟后用温水冲洗干净。

功效

蜂蜜的亲肤性相当高，蛋白

质分子大小与皮肤组织相近，吸收渗透力佳，能迅速为皮肤补充营养，蜂蜜中所含的天然氨基酸还会在皮肤表面形成一道天然保护膜，防止水分向外流失，修复肌肤的健康机制。柠檬汁所含的维生素C和果酸，是淡化色斑不可缺少的天然成分。

甘草薏仁手膜

选用材料

甘草粉15克，薏仁粉15克，牛奶50毫升

制作方法

1.牛奶放入小碗中。

2.加入甘草粉、薏仁粉，调成糊状即可。

使用方法

洗手后将手膜均匀涂于双手，用保鲜膜包裹，15分钟后用温水冲洗干净。

功效

薏仁是一种优秀的美容食品，含有丰富的类黄酮，能够快速有效地阻止黑色素产生。甘草也有抑制黑色素合成的成分。牛奶中含丰富的天然乳蛋白，不仅能有效滋润、软化肌肤，保湿效果也很好。使用时，可以根据不同的肤质进行选择。若肌肤偏油，可使用脱脂牛奶，以使水油平衡，肌肤偏干则最好使用全脂奶粉，以滋润缓和肌肤的干燥状况。

蜂王浆手膜

选用材料

蜂王浆15毫升（或蜂王胶囊2粒），珍珠粉5克，鸡蛋一个，薏仁粉15克

制作方法

鸡蛋打成蛋液，加入蜂王浆、珍珠粉和薏仁粉，搅拌均匀。

使用方法

洗手后将其均匀涂于双手，15分钟后先冲洗干净。

功效

蜂王浆中含有多种维生素、矿物质和氨基酸，还含有一种特殊成分——唾液腺荷尔蒙，能防止肌肤干燥老化，促进肌肤新陈代谢，活化肌肤。珍珠粉具有独特的养生美容功效，用珍珠粉敷脸可以令肌肤细腻、白润光滑。

祛角质修护手膜

冬天皮肤的新陈代谢机能降低，血液循环的速度也减缓，皮脂腺与汗腺功能减弱，分泌量大量减少。由于缺乏水分和油分的润泽，干燥的肌肤容易堆积老旧角质细胞，肤色暗淡，甚至长出许多小斑点。应该定期按摩双手，适度祛除角质，以加速新陈代谢及血液循环，令双手恢复光泽柔嫩。

菠萝手膜

选用材料

菠萝1个，鸡蛋2个

制作方法

1. 菠萝榨汁，鸡蛋取蛋清。

2. 取2匙菠萝汁与蛋清搅拌均匀。

使用方法

洗手后将其涂于手上，或直接将手浸入其中。20分钟后用清水洗净。

功效

软化手部皮肤，祛除角质。

薄荷手膜

选用材料

薄荷精油2滴，牛奶100毫升，面粉10克

制作方法

1.将牛奶与面粉放入玻璃器皿或碗中，搅拌成糊状。

2.滴入薄荷精油并充分搅拌，使所有材料混合均匀即可。

使用方法

洗手后将其厚厚地涂抹在手上。10分钟后用清水洗净。

功效

清除皮肤上的污垢、进一步净化肌肤，平衡肌肤油脂，有效收缩毛孔，再现肌肤光彩。

Tips

如果将牛奶换成脱脂牛奶，更适合油性肌肤使用。但要注意：孕妇及哺乳期妇女不可使用薄荷精油。

杏仁手膜

选用材料

杏仁粉15克,酸奶5茶匙,鸡蛋1个

制作方法

1.鸡蛋取蛋黄。

2.将杏仁粉、酸奶、蛋黄混合后搅拌均匀即可。

使用方法

洗手后,取适量手膜均匀涂抹于双手。20分钟后用温水洗净。

功效

活化肌肤,软化手部角质。杏仁含有丰富的维生素A,可使肌肤嫩滑细腻、光泽有弹性。

绿豆手膜

选用材料

绿豆粉2大匙,甘油1茶匙,纯净水适量

制作方法

将所有材料放入碗中调成糊状即可。

使用方法

手洗净后,均匀涂抹手膜。20分钟后洗净。

功效

镇静敏感肌肤,使肌肤光泽有活力。绿豆粉能彻底清洁毛孔、安抚镇静肌肤,敷在身上有一种清清凉凉的感觉,非常舒服。

粗盐手膜

选用材料

酸奶1杯，蜂蜜2茶匙，粗盐适量

制作方法

将蜂蜜、粗盐和酸奶调匀。

使用方法

洗手后取其均匀涂于双手，20分钟后用温水洗净。

功效

软化手部角质，使肌肤嫩滑细腻、有弹性。

蜜糖手膜

选用材料

蜜糖2茶匙，鸡蛋1个

制作方法

1. 鸡蛋取蛋清。

2. 加入蜜糖调匀（亦可有针对性地加入一些草药）。

使用方法

洗手后取其均匀涂于双手，20分钟后用温水洗净。

功效

软化手部角质，可有效对抗一些顽劣的细菌性皮肤敏感症。

海带粉手膜

选用材料

蜂蜜1茶匙，海带粉2茶匙，热水2茶匙

制作方法

将所有材料放入碗中，搅拌均匀即可。

使用方法

洗手后取适量手膜均匀地涂在手上，15分钟后洗净。

功效

有效清除老化角质层，促进肌肤新陈代谢，清洁、活化手部肌肤。

黄瓜蜂蜡手膜

选用材料

黄瓜1根，杏仁油5毫升，蜂蜡5克

制作方法

1. 蜂蜡放入锅中隔水加热，使之融化。

2. 杏仁油放入蜂蜡中搅拌均匀。

3. 黄瓜切片后倒入蜂蜡和杏仁油中，以大火蒸20分钟后取出，待其冷却后即可。

使用方法

待手膜冷却后搅拌至起泡，洗手后将其敷于手部，20～30分钟后用温水洗净。

功效

促进手部肌肤细胞的新陈代谢，使双手细嫩光滑。黄瓜含有丰富的维生素C、黏多糖体和氨基酸，有镇静肌肤、美白、保湿、收缩毛孔等多重功效。蜂蜡可在肌肤上形成一层保护膜，抵抗外界对肌肤的侵蚀及辐射，使肌肤不易干燥、老化。杏仁油可以有效滋润肌肤，使肌肤变得细腻有光泽。

草莓手膜

选用材料

草莓酱20克，奶球1个

制作方法

将草莓酱和奶球一起搅拌均匀即可。

使用方法

洗手后将其均匀涂于双手，15分钟后用温水洗净。每周使用1～2次。

功效

草莓含有丰富的天然果酸、氨基酸及维生素，能有效保湿并美白肌肤，加速肌肤新陈代谢；温和祛除角质，深层滋润、活化肌肤，使手部肌肤紧实有弹性。

强效保湿手膜

保湿也是秋冬护手的主题。秋冬季环境温度、湿度降低，皮肤易显现干燥、缺水的状态，做好保湿护理，才能防止双手干裂发痒，还可以预防老化。在为肌肤补水之前必须将肌肤调理至平衡状态，令肌肤有效吸收水分和养分。

保湿手膜的最大作用就是深层清洁肌肤，有效祛除毛孔深处的污垢，并平衡肌肤油脂。

通过密闭式贴合肌肤的敷手方式，延长水分在皮肤的作用时间，达到深层滋养的目的。

以芦荟、芒果等天然果蔬自制的保湿手膜中所含有的天然有效补水成分能够充分滋养肌肤深层的细胞，帮助肌肤吸收且锁住水分。建议敷完保湿手膜后，再擦上保湿手霜，延长水分停留，让肌肤真正水嫩十足！

香蕉手膜

选用材料

香蕉 1 根，植物芝士 1 汤匙

制作方法

1.香蕉去皮备用。

2.将芝士和香蕉放入搅拌机中，搅拌成糊状即可。

使用方法

洗手后将其均匀涂于手上。10 分钟后用温水洗净。

功效

彻底清除毛孔中的污垢及毒素，让肌肤细胞更有效地吸收营养并锁住水分。

Tips

此手膜亦可制成体膜，涂抹在身体及手臂痘痘患处，效果同样出色。

玉米手膜

选用材料

玉米粉2汤匙，牛奶450毫升

制作方法

将玉米粉、牛奶放入玻璃器皿或碗中，搅拌成泥状即可。

使用方法

洗手后，将手膜均匀涂抹在手上。20 分钟后用温水洗净。

功效

为手部肌肤补充充足的水分。

芦荟手膜

选用材料

海藻粉 50 克，芦荟叶 1 片，黏土粉 50 克，粗盐 1 茶匙，纯净水 100 毫升

制作方法

1.芦荟叶洗净，去皮去刺后放入榨汁机中榨汁，取其汁水。

2.将粗盐以 100 毫升纯净水稀释备用。

3.将所有材料混合，搅拌均匀即可。

使用方法

洗手后，将手膜均匀涂抹在手上，待干后（约 15 分钟）用温水冲净。

功效

将芦荟液涂抹在肌肤上能生成一层很薄的透明体膜，可以有效地阻止水分的蒸发，同时供给肌肤水分与养分。

香蕉橄榄油手膜

选用材料

香蕉 1 根，橄榄油 1 匙，奶粉 5 匙

制作方法

1.香蕉切块，将其捣成糊状。

2.将橄榄油倒入香蕉糊中搅拌均匀。

3.将奶粉用适量温水冲开。

使用方法

1.洗手后将双手泡在牛奶中约 5～10 分钟，然后用干净纸巾将双手表面的奶液吸干。

2.将调好的手膜均匀地涂于全手，10 分钟后用温水洗净。

功效

对抗干燥，起到保湿作用。

花蜜手膜

选用材料

花蜜100克，鸡蛋1个，橄榄油1匙，香水2~3滴

制作方法

1.将鸡蛋和花蜜放入器皿中搅拌均匀。

2.橄榄油及香水搅拌均匀。

3.将搅拌好的混合物放入冰箱内冷藏约半小时后即可使用。

使用方法

洗手后用指腹将手膜轻轻涂抹于双手，并辅以按摩，10分钟后用温水洗净。

功效

有活肤及抗氧化功效，能活化细胞及保湿，使肌肤变得细嫩有光泽；加入香水能使肌肤更加芳香迷人。

柠檬鸡蛋手膜

选用材料

柠檬1个，鸡蛋1个，蜂蜜15克，橄榄油10毫升

制作方法

1.柠檬洗净放入榨汁机中榨汁。

2.鸡蛋打成蛋液。

3.将柠檬汁、蜂蜜、橄榄油和蛋液混合均匀即可。

使用方法

洗手后，将手膜用指腹均匀涂抹在双手，静敷 10～15 分钟后洗净。

功效

能促进细胞新陈代谢，增强肌肤抵抗力，促使肌肤更有效地吸收水分，改善干性肤质，使肌肤变得水润光滑。

鲜奶土豆手膜

选用材料

鲜奶 100 毫升，土豆 1 个，鸡蛋 1 个

制作方法

1.将土豆洗净去皮，磨碎后放入器皿中。

2.鸡蛋取蛋黄，与磨碎的土豆混合。

3.加入鲜奶，搅拌成糊状。

4.稍微加热后继续搅拌均匀即可。

使用方法

洗手后将手膜均匀涂抹在手上，15分钟后用温水洗净。

功效

为干燥的肌肤补充水分，改善干性肤质，使肌肤变得更加光滑水嫩，并可使肌肤更紧致细腻。

薄荷精油手膜

选用材料

薄荷精油2滴，牛奶100毫升，面粉10克

制作方法

1.将牛奶与面粉放入玻璃器皿或碗中，搅拌成糊状。

2.滴入薄荷精油并充分搅拌，使所有材料混合均匀即可。

使用方法

洗手后，将手膜厚厚地涂抹在手上，用保鲜膜包裹，20～30分钟后用清水洗净。

功效

能有效清除皮肤上的污垢，进一步净化肌肤，有效补充水分。

Tips：

精油一定要使用稀释过的。

麦糠手膜

选用材料

酸奶 1 匙，蜂蜜 1 匙，麦糠 1 匙

制作方法

将酸奶、蜂蜜、麦糠放入器皿中搅拌成糊状即可。

使用方法

洗手后，将手膜均匀地涂在手上，30 分钟后用温水洗净。

功效

能将毛孔中的污垢清除，让肌肤自由呼吸，更易于吸收水分和养分，并有良好的补水、滋润效果。

第三章　护手知识大搜索

关于护手的知识和小窍门还有很多，这里将最有用且效果明显的方法整理出来，帮助你塑造更加完美的纤纤玉手。

12 个护手建议

◎ 建议一

接触洗洁精、皂液等碱性物质后，可用几滴柠檬水或食用醋水涂抹在手部，以帮助去除残留在手上的碱性物质，然后再抹上护手用品。

◎ 建议二

选择护手产品要因人而异。干性肤质应该选择含甘油、矿物质的护手用品；手部粗糙的人则应该使用含天然胶原及维生素E的护手产品，因为果酸有较强的修复作用，维生素E可软化并祛除粗皮。

◎ 建议三

修剪指甲前要先用温水把指甲泡软，这样就不会使指甲裂开。

◎ 建议四

在饮食方面，应充分摄取富含维生素A、维生素E及含锌、硒的食物，如绿色蔬菜、瓜果、鸡蛋、牛奶、海产品、杏仁等，以避免肌肤干燥。此外，还应注意钙、铜等营养素的摄入，因为身体一旦缺钙、缺铜，就会引起指甲无光泽、易折断。

◎ 建议五

定时按摩双手，以促进血液循环，防止手部浮肿。按摩时最好涂上按摩膏或橄榄油。方法为：以一手拇指和食指抓住另一手的手指两侧，轻轻地从指根拉到指尖。每个手指各做几次，左右手交替进行。

◎ 建议六

晚上涂上润手霜后，双手相互做按摩，从手背轻轻按到指尖，再从指尖按回到手背，有很好的柔软手指效果。

◎ 建议七

每次在做完家务后，可以将手在食用醋中蘸一下，形成一种酸性保护膜，会降低碱性伤害。

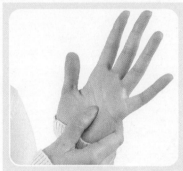

◎ 建议八

夏天防晒时，手部的指甲部分容易被人忽略。遭受阳光伤害的指甲会发黄、脆弱、易断。在涂防晒霜时，也要给指甲防晒。

◎ 建议九

将少许白砂糖和几滴柠檬汁调和，每次洗手后用来搓手，具有明显的美白功效。

◎ 建议十

平日应充分摄取富含维生素A、维生素E及锌、硒的食物，如蔬菜、瓜果、鸡蛋、牛奶、海产品、杏仁等，以避免肌肤干燥。此外，还应注意钙、铜等营养素的摄入。

◎ 建议十一

敷手膜后，由小指与无名指开始，依序向大拇指移动揉搓，接着以螺旋状朝手腕上面按摩，然后把手摊平，来回呈圆形揉搓。最后戴上质地柔软的棉质手套，静待30分钟，让滋润成分充分渗透。

◎ 建议十二

洗手以后不要烘干或者擦干，可以先甩几下把手上多余的水甩掉，然后互相轻轻拍打，等到快干时，将护手霜揉搓开，涂在手上。

电脑美眉舒压手操

对电脑一族来说，总在键盘鼠标上移动的双手是活动量最大的部位，也是最容易疲劳和受伤的部位。如果你连续几小时不停地打字、点击鼠标，会发现手指越来越不听使唤，手腕变得僵硬麻木，腕关节肿大。长此以往，甚至会压迫到腕部神经，使手部血液循环不畅，导致抽筋或失去知觉。所以，别忘了每隔一段时间，让双手休息一下，做一套活络手腕和手指关节的手操，舒缓关节和肌肉的僵硬感。

◎ 手部按摩操

指腹按摩

Step1　用一只手的指腹先按摩另一只手的手背，然后轻轻螺旋形按摩直到手指，活动每一个手指的关节，继续按摩直到指尖，再按摩指缝，上下10次以上；用一手的拇指按摩另一手的手掌，从手掌到肘部螺旋形按摩。

Step2　单手握拳，使用腕部力量张开，重复做50次。

Step3　手指关节会有酸胀感。双手握拳，绕腕关节旋转，正反各20次以上。

　　Step4　屈指用指尖敲打桌面，这个动作可刺激指尖的穴位，促进血液循环。

　　Step5　用一只手由指根向指尖方向分别按揉另一手的每个手指，两手轮换。

　　Step6　一只手轻轻捏住另一只手的指尖，上下抖动，放松指关节，两手轮换。

　　Step7　双手自然下垂，用手腕力做甩手的动作。

手指伸展运动

　　Step1　双手四指并拢，掌心朝外。

　　Step2　以手腕翻动双手，使掌心朝内。反复做5次。

　　Step3　两臂尽量向前伸直，吸气，双手用力握拳；呼气，大

手指伸展运动

拇指、食指、中指、无名指、小指依次展开。反复做 10 次。

调理作用: 这组手操能促进手部的血液循环, 舒缓手腕、手指的僵硬和酸痛感。

拧拳反掌

两臂侧平举, 掌心朝上, 双手向前方旋转, 同时用力握拳。保持 10 秒后松开还原。重复做 10 次。

调理作用: 这个动作可以帮助损伤的腕关节恢复功能, 并消除手臂酸痛。

捶手运动

左手握拳轻轻捶打右手手心和手背各 10 次。然后换手重复 10 次。

调理作用: 通过捶打刺激手部穴位, 有助于消除手部疲劳。

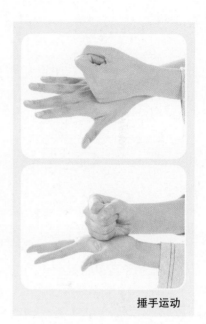

捶手运动

手腕弯曲运动

Step1　十指自然交叉, 上下弯曲腕关节 10 次。

Step2　双手掌心朝下, 十指交叉, 以腕关节用力, 压手指、手背, 使手指的各关节以及腕关节有节奏地弯曲、放松。反复做 10 次。

　　Step3　手掌相对,保持十指交叉状态,前后晃动腕关节10次。

　　调理作用:这组动作主要是灵活腕关节,预防手腕僵化、麻木及运动损伤。

手指互碰运动

Step1 双手掌背相对，小指互勾，无名指、中指并拢。然后做出"切"的动作。重复5次。

Step2 无名指、中指弯曲，食指两边晃动5次。

Step3 双手小指分别勾住另一只手的拇指，随后松开。交换重复5次。

百变手形

Step1 双手掌心向上，拇指来回摆动5次。

Step2 左手食指在右手掌心做横扫动作5次。然后换手重复做5次。

Step3 右手食指和中指并拢，在左手掌心做扇风动作10次。然后换手重复做10次。

Step4 左手中指分别与其

手指互碰运动

他四指依次相碰。然后换手做。

Step5　双手抱拳，右手在上，右手食指先竖起，随后其他四指依次伸展开。换手重复，各做5次。

手指互顶运动

双手五指相顶，然后按小指、无名指、中指、食指、拇指的顺序依次分开。重复做5次。

手指互勾运动

Step1　双手手背相对，从小指开始依次互勾。

Step2　单手无名指勾住中指，食指勾住无名指。然后中指前伸，成车形，随后松开。每只手重复做5次。

手指互勾运动

手指变形运动

Step1　左手压在右手背上，左手食指勾住右手无名指，右手食指放在左手手心上，随后松开。重复做5次。

Step2　双手手背相对，小

指互勾，拇指相顶。重复做5次。

Step3　双手相互交叉、环抱，随后松开。重复做10次。

修正手形按摩操

此套按摩操对于骨节比较大或是青筋比较明显的手很有帮助！

Step1　按摩虎口和大鱼际，有助于放松手部肌肉。

Step2　按摩小鱼际，同样也是帮助放松手部肌肉。

Step3　放松手腕。

Step4　按摩指节，用两只手指去捋另一只手的指节。可促进血液循环，长期按摩会缩小关节。

Step5　按摩掌骨。用食指和中指中间的关节来按摩对侧手的掌骨，从腕侧向指侧捋。这

一节尤其适用于手背青筋突出
的女性。

　　Step6　放松一下筋骨，将
拇指向下按压。

虎口互碰运动

　　双手四指并拢与拇指呈直
角，两手虎口相对呈十字交叉。
双手同时做一正一反的虎口摩
擦动作。重复做10次。

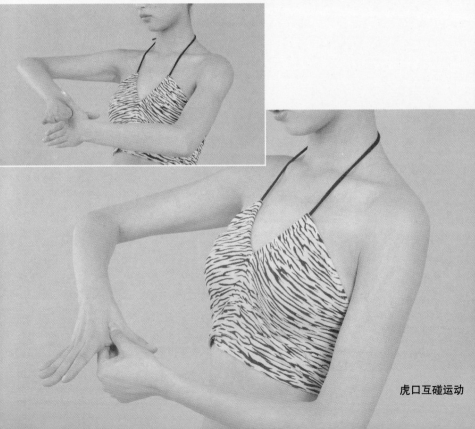

虎口互碰运动

日常护手贴士

◎ 化学清洁品伤害

在洗洗涮涮的家务中，许多清洁产品都是碱性化学制剂，双手经受反复的浸泡、摩擦和挤压，手部皮肤表面的油脂层很容易遭到破坏，导致表皮水分丧失，使皮肤变得干燥、粗糙甚至老化、开裂。所以，做家务时戴上橡胶手套，是对双手最基本的保护。除此以外，做完家务后再用米醋水或米浆泡手，能够起到净白、平衡、柔软肌肤的效果。

泡手的方法很简单：在半脸盆温水中加入一匙米醋，混合调匀后，将双手浸入其中，交替进行按摩。大约10分钟后擦干双手。最后别忘了及时抹上护手霜，以防水分流失。

另外，可经常将吃剩的酸奶均匀地涂满双手做手膜，乳酸的滋养能令双手光滑白润。

◎ 轻微烫伤、烧伤

烹饪时不小心被开水或热油烫伤，应立即在伤处涂抹茶树油，以避免细菌感染。

芦荟叶中的胶状物质对镇静、修复烫伤肌肤也很有帮助，但不适宜敏感肤质者使用。

熏衣草精油对治疗烧伤有奇效，轻微灼伤后直接滴1~2滴熏衣草精油擦拭，或者将5滴熏衣草精油用一小盆冷水稀释后做冷敷，甚至不会留下伤痕。

◎ 运动伤害

如果在运动中扭伤手腕或造成淤血，用红花油或姜片反复揉搓受伤部位直至发热，可以促进血液循环，舒活筋骨，止痛化淤。

用精油热敷法对消除碰撞引起的淤血、红肿、胀痛十分有效。具体方法是：在半脸盆热水中滴入天竺葵精油1滴、熏衣草精油2滴、迷迭香精油2滴，然后将毛巾浸泡其中，取出拧开后，热敷于患处几分钟。

◎ 手臂保养

手臂的皮肤是表现女性青春美的重要组成部分。勤洗手臂，尤其是小臂，是保养皮肤的主要方法，洗后要擦润肤霜或乳液。

如果手臂的皮肤已经变得粗糙，可用温肥皂水洗，擦干后浸入盐水中约5分钟，再用肥皂水洗净，接着用榛子油（也可用婴儿润肤油或凡士林代替）按摩。过12小时后，双臂的皮肤可变得非常柔软细嫩，这种方法可每月进行1次。

附录
眼膜、手膜常选用的基本材料

蔬果类

芦荟

含有大量的植物蛋白、脂溶性维生素A、维生素E，水溶性维生素C、维生素B，以及特有的芦荟素、叶绿素、芦荟大黄素及多种氨基酸、微量元素等，能软化角质、抑制色素沉积，使肌肤细胞变得柔软有弹性，促进血液循环和细胞再生。

丝瓜

含多种维生素，具消炎、解毒、润肤等功效，并能美白、消除皱纹，使松垮肌肤变得紧致。

黄瓜

含有丰富的维生素C、黏多糖体和氨基酸，有镇静肌肤、美白、保湿、收缩毛孔等多重功效，尤其适合干性及敏感性肌肤者使用。要注意，皮肤出现红肿、发热等发炎症状时禁止用黄瓜，否则会使炎症加重。

西红柿

含有丰富的矿物质、维生素、有机酸及少量的蛋白质，尤其含有大量的维生素C，是美白佳品，特有的茄红素能增强机体的免疫力，是非常有效的抗氧化物质，能使肌肤不易老化。

胡萝卜

胡萝卜中含有丰富的胡萝卜素、核酸物质和其他多种微营养素，可以刺激肌肤的新陈代谢，增进血液循环，具有润滑、强健肌肤的作用。含有丰富的维生素A，并含大量水分，能有效修复晒后的肌肤组织，为肌肤皮层下细胞补充水分，防止细纹产生。

马铃薯

使皮肤细嫩，同时还有去除面部疱疹、粉刺的作用。注意，发芽或生黑斑的马铃薯有毒，制作面膜时千万不能使用，会损害皮肤。

玉米

含有松果体素，促进血液循环、淡化黑斑。制作手膜或面膜时要选用新鲜玉米，发霉变质的玉米会对皮肤造成伤害。

豆腐

含蛋白质、维生素B_1、维生素B_2、维生素E、烟酸及钙、铁、镁、等多种有益物质，能有效滋养肌肤，使肌肤美白细嫩。使用前最好先在手部进行测试，因为有些人会对豆腐产生过敏反应。

冬瓜

不含脂肪，含钠量低，能抑制糖类转化为脂肪，冬瓜内所含的蛋白质和瓜氨酸可充分润泽肌肤，有效淡化色斑的形成。

木瓜

含有丰富的氨基酸、维生素C以及多种矿物质，木瓜含的酵素，可帮助分解脂肪，促使肌肤充分吸收营养，并促进血液循环。皮肤易过敏者慎用。

苹果

含有大量维生素C，可以帮助消除皮肤的雀斑和黑斑，保持皮肤细嫩红润。

橙

含有丰富的维生素C，能迅速补充肌肤所需的水分与养分。

芒果

含有丰富的维生素A，能使肌肤细胞充满活力。过敏体质及有青春痘者慎用，容易引起荨麻疹、使青春痘变本加厉。

草莓

含有丰富的矿物质以及维生素，其果酸成分能温和的除去肌肤中老化的角质，消除细纹，还能与脂肪迅速结合，化为水分，达到消脂瘦脸的效果。因为草莓表皮不平滑，有可能积聚污物，这些污物对肌肤是有危害的，因此使用前一定要洗干净。

梨

能迅速排出油脂，清洗污垢，排除毒素，紧致毛孔，可有效改善油性肌肤的改善者。

柠檬

含有丰富的维生素C、果酸，不仅能有效地美白肌肤、淡化斑点，而且能加速肌肤的新陈代谢，消除皱纹，延缓衰老。因柠檬酸性较强，使用时一定要稀释，且要先测试在手臂内侧皮肤上，15分钟后没有变红或起疹子时再用于面部等娇嫩部位。切忌白天出门前使用，柠檬中含有感光成分，会造成色素沉淀，长出色斑。

香蕉

含有丰富的维生素A、维生素B、维生素C、维生素E和铁质，能给肌肤提供所需的各种养分，所含的磷和矿物质，能中和身体酸碱值，使肌肤水油平衡。少数人使用会出现皮肤过敏、红肿等反应，因此使用前要做皮肤测试。

葡萄柚

具有滋养皮肤、爽肤等功效，有助于平衡及调节面部的油脂分泌，既能加快多余水分及毒素的排出，又能有效促进肌肤细胞血液循环。

西瓜

含有大量水分及纤维，可促进人体新陈代谢、减少胆固醇沉积，用来敷脸的话不仅能减少脸部脂肪的堆积，还具有很好的保湿作用。

药草类

甘菊

含有丰富的香精油和菊色素，能够有效地抑制黑色素的产生，柔化表皮细胞，消除皱纹，使肌肤白嫩，并能安抚镇定过敏肌肤，有抗发炎、收缩微血管的功效，用于治疗皮下微血管扩张和红肿。

茶叶

富含维生素C的茶叶有很好的美白效果，所含的单宁酸成分可收缩肌肤，有助于养颜润肤。茶叶还具有杀菌作用，对粉刺、化脓肌肤有特别疗效。制作眼膜或手膜时可选用酸碱度较为温和的绿茶。过酸或偏碱性的茶水会太过刺激，对肌肤不利。

甘草

甘草中含甘草黄酮，具有很强的抗氧化能力，能够抑制色素的产生，可以有效淡化雀斑。另外，甘草中的蛋白质和多种氨基酸、脂类、多糖类、果酸、维生素、微量元素等，对敏感肌肤有极佳的镇静作用，能滋润修复脆弱及受损肌肤，补充营养，活血化淤，改善肌肤过敏，增强肌肤对外界环境污染的抵抗力，令肌肤柔嫩光洁。

薏仁

含有丰富的类黄酮，能够快速有效地阻止黑色素的产生，具有美白功效。

珍珠粉

主要成分是碳酸钙还有氨基酸，具有独特的收敛生肌功效，可以令肌肤细腻、白润光滑。购买时要选择质地细腻的珍珠粉，否则反而会磨伤肌肤。

杏仁

杏仁含丰富的维生素A，是健康白嫩肌肤所需的养分之一，有令肌肤恢复光滑洁白之功效。

核桃

含有极为丰富的钙、磷、铁等微量元素，能促进核酸及蛋白质的合成。核桃所含的维生素E也极为丰富，可防止细胞老化，改善肌肤状况，使肌肤变得紧致有光泽。皮肤易过敏者应慎用，否则会引起过敏，造成皮肤发痒、红肿。

白芷

杀菌消毒，对各种皮肤病症有良效，能够利用汗腺和皮脂腺的分泌清除死亡的表皮细胞，改善面部血液循环，增强肌肤弹性，防止肌肤松弛和产生皱纹。需注意，白芷会与紫外线产生化学作用而令皮肤大量产生黑色素，应避免在日间使用。

白附子

　　性大温，味辛、甘，有毒，含生物碱、有机酸、皂苷等，用于美白、祛汗斑、瘢痕、粉刺等。

干燥玫瑰花

　　含有单宁酸、类黄酮及少许玫瑰精油，有舒缓、杀菌、消炎、止痒、收敛、加速血液循环等作用，能够彻底去除面疱和粉刺，使面部的皮肤光滑柔嫩。玫瑰花汁液还是一种有效而又温和的清洁剂，有收敛活化肌肤的功效。

银杏叶

　　所含的类黄酮具有非常优秀的抗氧化、抗自由基的作用，可以有效防止肌肤老化、延缓皱纹产生、令肌肤充满弹性和光泽。

海带粉

　　含有的胶质、矿物质、氨基酸、维生素 B 等，可加速肌肤新陈代谢，使肌肤更容易吸收水分，变得细致有弹性。

荷叶

　　具有清热、解毒、养颜的功效，用来敷脸能水消除脸部多余脂肪。

麦糠

　　适合用来去除老死角质层，达到净化皮肤底层色素和排解毒素的作用，使面色均匀红润，富有光泽。

银耳

含有蛋白质、维生素B、粗纤维等成分，能改善皮肤干裂状况，并能祛除雀斑，黄褐斑。银耳容易变质，煮熟后应尽快使用，不可隔夜使用。

蜂王浆

含有多种维生素、矿物质和氨基酸，还含有一种特殊成分——唾液腺荷尔蒙，能防止肌肤干燥老化，促进肌肤新陈代谢，活化肌肤。

绿豆

可深层清洁肌肤，有很好的排毒消炎作用，能预防面疱。

燕麦片

燕麦片含有极其丰富的纤维素和维生素B，可温和祛除老死角质，预防皱纹产生，抑制黑色素沉淀。

咖啡粉

有活肤、活血、增进皮肤弹性等功效，还有缓解疲劳、镇静止痛的作用。

黑芝麻

维生素E含量居植物性食品首位，能促进细胞分裂，延缓细胞衰老，并可中和或抵消细胞内"游离基"的沉淀，能抗衰老、长葆青春。

藕粉

含淀粉、葡萄糖、蛋白质、钙、铁、磷以及多种维生素，能够光洁肌肤，并能帮助消除小痘痘。

精油类

茶树精油

消炎及杀菌效果佳，可改善面疱肤质、调理油性肌肤。皮肤敏感者在使用前要做局部皮肤敏感测试，孕妇禁用。

檀香市精油

含有檀香醇、松烯、檀香酸、兆白檀酸、白檀酮，对干性湿疹及老化缺水的皮肤特别有益，能使皮肤柔软，改善肌肤面疱、发炎的现象。含感光物质，应避免在日间使用。孕妇禁用。

洋甘菊花精油

含有甘菊蓝，能镇静舒缓肌肤，而且是所有植物精油中性质最温和的一种。孕妇禁用。

尤加利精油

有非常强的杀菌作用，能舒缓肌肤压力，抚平肌肤伤口，活化肌肤；尤加利精油的香味还能安定神经，给人带来大自然般的清新感受。由于它是一种强效的精油，所以在使用剂量上要小心，高血压与癫痫患者、孕妇最好避免使用。

佛手柑精油

　　能有效抑制油光,使肌肤达到油脂平衡的状态,非常适合油性肌肤使用。含感光物质,应避免在日间使用。孕妇禁用。

熏衣草精油

　　能调理油性肌肤,改善面疱,活化干燥老化肌肤,镇静肌肤、安抚神经、缓解紧张和失眠现象,而且十分温和,属于极少数不用稀释便可以直接涂在肌肤上的植物精油。孕妇禁用。

柠檬精油

　　促进肌肤的新陈代谢,改善橘皮和松弛现象,还可以调节肌肤出油过多的现象,而柠檬香味也可以使人顿感轻松舒适、充满活力。柠檬对肌肤比较刺激,而且有感光作用,出门前禁用,敏感性肌肤者及孕妇也不宜使用。

玫瑰精油

　　含有香茅醇、橙花醇,具有柔软肤质、保湿与抗皱的作用,可以有效调理肌肤老化及干性肌肤,促进新陈代谢。注意,玫瑰精油有通经作用,避免在怀孕期间使用。

橙花精油

　　含有酚乙酸、橙花醛、芫荽油醇酚、苦橙花醇、橙花酯,有防皱纹、促进肌肤再生、活化细胞、增加肌肤弹性的作用,特别适合油性皮肤。橙花精油能使人放松精神，因此需要头脑清晰、集中注意力时不宜使用。

茉莉精油

含茉莉花精分子，具有温暖、活化及保湿肌肤的功效，能促进微循环、保湿润泽肌肤，令肌肤充满活力。孕妇禁用。

薄荷精油

平衡肌肤油脂，收缩粗大毛孔，并能安抚情绪、消除疲劳、清心养神，十分适合在夏季使用。孕妇及哺乳期的妇女禁用。

杜松果精油

能够排除体内毒素，抑制色斑形成，防止衰老，对青春痘、粉刺、面疱也有极佳的疗效。使用过久可能会过度刺激肾脏，肾病患者要避免使用。孕妇禁用。

迷迭香精油

是很强的收敛剂，有紧实肌肤的效果，可减轻充血、浮肿、肿胀的现象，对松垮的皮肤很有益处。由于有高度的刺激特性，不适合高血压及癫痫患者。孕妇禁用。

柠檬草精油

有很强的杀菌作用，因此非常适合面疱肤质，渗透力也很强，能够有效加速血液循环，具有抗老化的功效，同时可改善因疲劳而产生的肌肉酸痛。刺激性较大，因此并不适合敏感性肤质使用，而且也不适合在出门前使用，会加速肌肤底层黑色素沉淀。孕妇禁用。

依兰精油

有效调节肌肤的油脂平衡，其香味还有安抚心灵、缓和情绪的作用。可能会刺激敏感皮肤，不建议皮肤发炎以及湿疹患者使用。

天竺葵精油

能平衡皮脂分泌，对皮肤松弛、毛孔阻塞及油性皮肤有益，由于天竺葵能促进血液循环，使用后会使肌肤红润有活力，并具有杀菌功效，能够防止肌肤感染。能调节激素，孕妇禁用。

华文图景

总 策 划：蒋一谈
总 监 制：王恒中

文字作者：三意文化
图片提供：三意文化
图片统筹：华文图景
图文编辑：文　华
运营协助：读图时代
设计协助：简约庄
设计总监：阿　壮
技术编辑：白雪艳

华文图景

定价：25.80元

定价：25.80元

定价：22.00元

定价：22.00元

定价：28.00元

定价：22.00元

定价：22.00元

定价：38.00元

定价：20.00元

定价：20.00元

定价：20.00元

邮购须知

一、邮局汇款

1.收款人地址：北京市东长安街6号中国轻工业出版社发行部

2.收款人姓名：读者服务部收

3.邮编：100740

4.请务必用正楷准确填写汇款人详细地址、姓名、邮编和联系电话，确保您能及时收到图书

5.汇款人附言栏内请写明您所购图书的书名、定价、册数（如需发票请注明）

二、银行汇款

1.开户行：工商行北京东长安街支行

2.账号 020005341 901 441 4793

3.开户名称：轻工业出版社发行部

4.请汇款后将汇款凭单复印件、收件人名称、地址、邮编、订购图书的书名、联系电话一并传真至010-85111730

三、其他

1.特别注意：每份订单加收5.00元邮挂投递费

2.如询问优惠促销详情请致电：

010-65241695　010-85111729

或登录http://www.chlip.com.cn查询

图书在版编目(CIP)数据

眼膜手膜DIY/华文图景企划. —北京:中国轻工业出版
社,2007.5
(minibook)
ISBN 978-7-5019-5761-3

Ⅰ.眼... Ⅱ.华... Ⅲ.①女性-眼-美容②女性-手-
美容 Ⅳ.TS974.1

中国版本图书馆CIP数据核字(2006)第142531号

眼膜手膜DIY

责任编辑:李 妍   责任终审:劳国强
责任校对:郎静瀛   责任监印:胡 兵

出版发行:中国轻工业出版社(北京东长安街6号,邮编:100740)
印   刷:北京画中画印刷有限公司
经   销:各地新华书店
版   次:2007年5月第1版第2次印刷
开   本:787×1092 1/24开   印张:5.5
字   数:65千字
书   号:ISBN 978-7-5019-5761-3/TS·3351   定价:25.80元
读者服务部邮购热线电话:010-65241695 85111729
              传真:010-85111730
发行电话:010-85119845   65128898   传真:010-85113293
网址:http://www.chlip.com.cn
Email:club@chlip.com.cn
如发现图书残缺请直接与我社读者服务部联系调换
70395S3C102ZBW

奶眼膜　土豆眼膜　中药眼膜　薏仁绿茶眼膜　矢车菊明目眼膜　荷叶清爽眼膜　奶皮眼膜　枸杞舒缓眼膜　蜂蜜眼膜　冰袋眼膜　盐水眼膜　牛奶眼膜　甘菊眼膜　蜜酸眼膜　银　丝瓜眼膜　蜂蜜蛋清 **眼膜** 银耳浓汁眼膜　黄瓜眼膜　丝瓜蜜眼膜　白醋黄瓜眼膜　鲜　分钟眼部紧致操　挤按睛明穴消肿操　消除眼袋按摩操　棉签按摩法　丝绸按摩法　烛光　蒸熏　手掌按摩法　舒眼　润眼　醒眼　滋润手膜　保持双手的整洁　手部护理常识　用　手　按摩让手部线条更加优美　精心调制护手油　抗皱柔肤手膜　蛋黄手膜　橙花手　膜　猕猴桃手膜　青瓜手膜　乳酪特效手膜　苹果鱼胶手膜　黄瓜橄榄油手膜　奶蜜手膜　桃柠檬手膜　绿豆手膜　咖啡手膜　西红柿手膜　美白嫩肤手膜　土豆手膜　乳香手膜　白芨手膜　鸡蛋植物油手膜　苦瓜灵芝手膜　胡萝卜手膜　柠檬蜂蜜手膜　甘草薏仁手膜　祛　膜　蜂王浆手膜　菠萝手膜　薄荷手膜　杏仁手膜　绿豆手膜　粗盐手膜　蜜糖手膜　草莓　粉手膜　黄瓜蜂蜡手膜　强效保湿手膜　香蕉手膜　玉米手膜　芦荟手膜　香蕉橄榄油手膜　柠檬鸡蛋手膜　鲜奶土豆手膜　薄荷精油手膜　麦糠手膜　护手知识大搜索　电脑美眉舒　部按摩操　指腹按摩　手指伸展运动　手腕弯曲运动　手指互碰运动　百变手形　手指　正手形按摩操　手指变形运动　化学清洁品伤害　手臂保养　活化细胞　肌肤的柔软及弹　疲劳　滋润眼部肌肤　苹果眼膜　芦荟鲜奶眼膜　蜂蜜眼膜　酸奶眼膜　土豆眼膜　中　绿茶眼膜　矢车菊明目眼膜　荷叶清爽眼膜　奶皮眼膜　植物油眼膜　枸杞舒缓眼膜　冰　水眼膜　牛奶眼膜　甘菊眼膜　蜜酸眼膜　银耳蜂蜜眼膜　丝瓜眼膜　蜂蜜蛋清眼膜　银耳　黄瓜眼膜　丝瓜蜜眼膜　白醋黄瓜眼膜　鲜橙眼膜　一分钟眼部紧致操　挤按睛明穴消肿　按摩操　棉签按摩法　丝绸按摩法　烛光冥想　精油蒸熏　手掌按摩法　舒眼　润眼　醒眼　保持双手的整洁　手部护理常识　用手套养护你的手　按摩让手部线条更加优美　精心调　抗皱柔肤手膜　蛋黄手膜　橙花手膜　蜂蜜燕麦手膜　猕猴桃手膜 **手膜** 乳酪特效　鱼胶手膜　黄瓜橄榄油手膜　奶蜜手膜　杏仁手膜核桃柠檬手膜　绿豆手膜　咖啡手膜　西　美白嫩肤手膜　土豆手膜　乳香手膜　海藻手膜　白芨手膜　鸡蛋植物油手膜　苦瓜灵芝手　膜　柠檬蜂蜜手膜　甘草薏仁手膜　祛角质修护手膜　蜂王浆手膜　菠萝手膜　薄荷手膜　绿豆手膜　粗盐手膜　蜜糖手膜　草莓手膜　海带粉手膜　黄瓜蜂蜡手膜　强效保湿手膜　玉米手膜　芦荟手膜　香蕉橄榄油手膜　花蜜手膜　柠檬鸡蛋手膜　鲜奶土豆手膜　薄荷　麦糠手膜　护手知识大搜索　电脑美眉舒压手操　手部按摩操　指腹按摩　手指伸展运动　动　手指互碰运动　百变手形　手指互顶运动　修正手形按摩操　手指变形运动　化学　手臂保养　活化细胞　肌肤的柔软及弹性　消除眼睛疲劳　滋润眼部肌肤　苹果眼膜　蜂蜜眼膜　酸奶眼膜　土豆眼膜　中药眼膜　薏仁绿茶眼膜　矢车菊明目眼膜　荷叶清　皮眼膜　植物油眼膜　枸杞舒缓眼膜　冰袋眼膜　盐水眼膜　牛奶眼膜　甘菊眼膜　蜜酸眼　眼膜　丝瓜眼膜　蜂蜜蛋清眼膜　眼膜 **DIY** 银耳浓汁眼膜　黄瓜眼膜　丝瓜蜜眼膜　白醋　鲜橙眼膜　一分钟眼部紧致操　挤按睛明穴消肿操　消除眼袋按摩操　棉签按摩法　丝绸　光冥想　精油蒸熏　手掌按摩法　舒眼　润眼　醒眼　滋润眼部肌肤　保持双手的整洁　手部护　手套养护你的手　按摩让手部线条更加优美　精心调制护手油　抗皱柔肤手膜　蛋黄手膜　蜂蜜燕麦手膜　猕猴桃手膜　青瓜手膜　乳酪特效手膜　苹果鱼胶手膜　黄瓜橄榄油手膜　杏仁手膜核桃柠檬手膜　绿豆手膜　咖啡手膜　西红柿手膜　美白嫩肤手膜　土豆手膜　　熏手膜　白芨手膜　鸡蛋植物油手膜　苦瓜灵芝手膜　胡萝卜手膜　柠檬蜂蜜手膜　甘草　质修护手膜　蜂王浆手膜　菠萝手膜　薄荷手膜　杏仁手膜　绿豆手膜　粗盐手膜　手膜　海带粉手膜　黄瓜蜂蜡手膜　强效保湿手膜　香蕉手膜　玉米手膜　芦荟手膜

眼膜

手膜

DIY